Le Phare d'Isis

Collection
Jeunesse - Plus

**DE LA MÊME AUTEURE
DANS LA MÊME COLLECTION**

Monica Hughes

LE PHARE D'ISIS

Traduit de l'anglais
par
Jean-Louis Trudel

MÉDIASPAUL

Édition originale parue sous le titre *The Keeper of the Isis Light*, Hamish Hamilton, Royaume-Uni, 1980. Édition canadienne publiée par Tundra Books, 2000.

 Conseil des Arts **Canada Council**
du Canada for the Arts

Cette traduction a reçu l'aide du Conseil des Arts du Canada et du ministère des Affaires étrangères et du Commerce international du Canada.

Les Éditions Médiaspaul remercient le ministère du Patrimoine canadien et la Société de développement des entreprises culturelles du Québec (SODEC) pour le soutien qui leur est accordé dans le cadre des Programmes d'aide à l'édition.

Données de catalogage avant publication (Canada)

Hughes, Monica, 1925-

Le Phare d'Isis

(Jeunesse-Plus; 1)
Traduction de: The keeper of the Isis light.

ISBN 2-89420-513-9

1. Trudel, Jean-Louis, 1967- . II. Titre. III. Titre: Keeper of the Isis light. Français. IV. Collection.

PS 8565.U34 K414 2002	jC813'.54	C220-941063-0
PS9565.U34K414 2002		
PZ23.H83Ph 2002		

Composition et mise en page: *Médiaspaul*

Illustration de la couverture: *Charles Vinh*

ISBN 2-89420-513-9

Dépôt légal — 4ᵉ trimestre 2002
Bibliothèque nationale du Québec
Bibliothèque nationale du Canada

© 2002   Médiaspaul
3965, boul. Henri-Bourassa Est
Montréal, QC, H1H 1L1 (Canada)
www.mediaspaul.qc.ca
mediaspaul@mediaspaul.qc.ca

Imprimé au Canada — Printed in Canada

Chapitre 1

Sur Isis, c'était une journée comme les autres. Pourtant, lorsqu'elle prit fin, plus rien ne serait jamais comme avant.

Nolwenn escalada la face est du plateau du Phare en s'aidant des pieds et des mains, trouvant instinctivement les prises et les appuis offerts par la paroi rocheuse. Tuteur avait découpé des marches au laser dans les passages les plus difficiles, de sorte que le sentier qui partait de leur maison, nichée à mi-hauteur, se transformait en une espèce d'échelle de pierre.

Elle se hissa par-dessus le rebord et se laissa tomber dans l'herbe filamenteuse, aspirant à pleins poumons l'air vif et ténu. Quand elle s'allongea sur le dos, elle ne vit plus que le ciel, un dôme translucide d'un bleu-vert intense qui lui communiquait une joie proche de la souffrance. Il était déjà dix heures et Râ brillait tout près de son zénith. Nolwenn ferma les yeux pour ne plus voir l'intense lumière blanche.

Elle finit par avoir insupportablement chaud et enleva sa combinaison afin de laisser le soleil cuire sa peau nue. L'été arrivait enfin. Aujourd'hui, les rayons du soleil mordaient pour de vrai. Elle roula sur le ventre et sentit la douce chaleur pénétrer sa peau et remonter sa colonne vertébrale. Elle soupira, s'étira, puis s'abandonna à la rêverie.

Aujourd'hui, c'était son anniversaire, sa dixième année sur Isis. Tuteur lui avait expliqué que, sur Terre, le calendrier lui aurait donné seize ans, mais que, sur Isis, c'était son dixième anniversaire en raison de l'orbite plus longue de la planète. Qu'est-ce que Tuteur avait bien pu lui préparer? Chaque année, elle avait droit à une surprise. Il était merveilleusement attentionné et imaginatif. Ce matin même, il l'avait mise à la porte en lui disant de ne pas revenir avant l'heure du souper.

Il tramait quelque chose...

Elle avait trop hâte pour rester tranquille. Nolwenn enfila de nouveau sa combinaison, une fois sûre que sa peau n'avait pas hérité de quelques piquants des cactus du plateau. Même si elle avait le cuir épais, une épine de cactus logée au mauvais endroit pouvait donner naissance à une plaie purulente difficile à guérir.

Debout sur le sommet du plateau, envahi par la verdure nuancée de gris de l'herbe et des cactus bulbeux qui fleuriraient bientôt, Nolwenn contempla un monde qui lui appartenait. Au nord et à l'ouest, des chaînes de montagnes se succédaient; certaines alignaient des pics déchiquetés, mais d'autres étaient vieilles et usées, comme le plateau du Phare. Au sud, une prairie verdoyante occupait une vaste dépression, tandis qu'à l'est, une rivière issue des terres hautes du nord se déversait dans la vallée par paliers. Nolwenn appelait ces chutes les Cascades. Le cours impétueux de la rivière ralentissait en arrivant à fond de vallée et alimentait un lac entouré de petits arbres fruitiers. Ces derniers étaient en fleurs, supposa Nolwenn, même si elle se trouvait si haut que l'épaisseur de l'atmosphère, tel un voile de fumée, l'empêchait de distinguer de semblables détails.

Elle ne descendait jamais dans la vallée si elle n'y était pas obligée. Il faisait meilleur sur les hauteurs, là où l'air était si pur que le regard portait à une centaine de kilomètres, effleurant les plis et replis des escarpements pourpres et violacés, hachurés de noir par les ombres dures de Râ. Dix heures. Midi. En ce moment, les particules solaires pleuvaient dru sur cette région d'Isis, leur intensité touchant à son maximum et noyant les messages susceptibles d'atteindre le Phare. Non que celui-ci en captait beaucoup. Un ou deux par année, peut-être. Le Phare était surtout conçu pour en émettre.

Le centre de communications proprement dit se trouvait sous terre, creusé dans le roc derrière leur maison perchée à flanc de falaise. Les messages étaient émis par l'antenne parabolique qui se dressait au sommet du plateau. Durant vingt heures d'affilée, un faisceau balayait l'espace en proclamant qu'ici, à l'endroit situé par des coordonnées spécifiques dans le disque de la Galaxie ou Voie Lactée, se trouvait Isis, quatrième planète d'une étoile de type F5, dans la constellation de l'Indien.

Le message seul suffisait à informer les cargos de passage qu'il existait ici une planète où atterrir en cas d'urgence, habitable, moyennant un minimum de précautions, et que des voyageurs en détresse y trouveraient des gens comme eux: les gardiens du Phare d'Isis.

Mais Isis n'était pas qu'un îlot signalé par une balise, perdu dans les immensités océanes de l'espace. Un jour, Isis serait colonisée, quand les mondes plus «faciles» à moins de vingt parsecs de la Terre seraient tous occupés. Ainsi, trois fois par jour, à l'aube, à la tombée de la nuit et à minuit, Tuteur interrompait ses activités pour envoyer un message à destination de la Terre — des observations météo, un nouvel extrait de son livre de bord et un rapport personnel rédigé par Nolwenn Le Pennec en personne.

Parfois, Nolwenn avait honte de ses rapports. Y avait-il vraiment quelqu'un sur Terre, à des parsecs de distance, pour s'intéresser à ce qu'elle mangeait au petit déjeuner, à ses examens de mécanique céleste, à ce qu'elle pensait de la vie en général? Mais Tuteur disait que ses rapports étaient essentiels. Depuis qu'elle avait eu l'âge d'exprimer ses pensées, elle avait dû se résigner à les partager. C'était son rôle sur Isis. Si ses rapports n'avaient pas été absolument essentiels, Gardian aurait suffi à la tâche, se consacrant à ce qu'il faisait à merveille — les rapports géologiques et météorologiques, les observations sismiques, les inventaires de la faune et de la flore.

Où serait-elle, dans ce cas? Sur Terre, peut-être, vivant au coude à coude avec d'autres gens... Nolwenn regarda les montagnes aux flancs ocrés ou empourprés, regarda l'herbe d'Isis, aux reflets argentés, puis regarda le ciel parfaitement vide. Tout d'un coup, elle étendit les bras, comme pour embrasser le monde entier.

Ah, quelle chance d'avoir une planète rien qu'à elle, une aussi belle planète, rien qu'à elle et Tuteur...

Un aboiement sauvage résonna dans la vallée voisine et Nolwenn se mit à rire. *Et à Hobbit aussi,* se rappela-t-elle. Elle avait presque oublié Hobbit. In-ex-cu-sable! Elle courut jusqu'au bord de la falaise, ses yeux étrécis pour se défendre de la lumière qui ricochait sur les roches, et elle scruta le vertigineux abîme. À mi-chemin du fond, les broussailles épineuses bougeaient et elle entrevit le tourbillon de couleurs d'une queue en panache. Elle se pencha au mépris du péril et libéra un sifflement perçant.

Aussitôt, la queue se raidit, un long mufle luisant apparut et, lorsqu'elle siffla de nouveau, la créature grimpa l'échelle de pierre en bondissant, atteignit le sommet du plateau, se précipita sur Nolwenn et entreprit de la débarbouiller consciencieusement avec sa langue.

Même si elle s'y attendait, le poids des grosses pattes sur ses épaules la fit tituber à reculons. Son talon nu heurta une pierre et elle toucha terre avec un *ouf!* au milieu de l'herbe filamenteuse, évitant de justesse les cactus. Hobbit lui lécha le visage avec frénésie, puis, comme s'il avait brusquement oublié la raison de son excitation, il se coucha sur le flanc, sa grande langue pendillant par-dessus les crocs de sa gueule béante.

Nolwenn se dégagea juste assez pour appuyer sa tête sur le flanc palpitant de Hobbit et s'étendre à l'aise, les yeux mi-clos. Même avec les paupières fermées, l'éclat intense de Râ était à peine atténué. Quand elle fixait les ombres, elle ne voyait que des taches violettes se livrant à une valse folle.

Elle roula sur le côté. Dans les crevasses entre les roches, des poignées d'humus s'étaient accumulées et des plantes minuscules poussaient, aux fleurs comme des bijoux, plus petites que ses ongles les plus petits, portées par des tiges aussi fines que des cheveux. Leurs feuilles infimes étaient dotées de cellules qui emmagasinaient l'eau de pluie et qui brillaient au soleil comme des cristaux taillés. Entre leurs racines arachnéennes couraient des insectes — enfin, l'équivalent local d'insectes, car ils n'avaient rien à voir avec les insectes de la Terre — des créatures aux pattes nombreuses, aux élytres scintillants, rayés ou tachetés, arborant toutes les couleurs de l'arc-en-ciel. Nolwenn finit par s'assoupir, douillettement appuyée au flanc velu de Hobbit.

Le timbre insistant de son communicateur-bracelet la réveilla. Elle se dressa, clignant des yeux et bâillant.

— Allô?

— Que fais-tu? Cela fait treize secondes que je sonne pour que tu répondes.

— Excuse-moi, Tuteur. Je suis sur le plateau. J'ai dû m'endormir. Le soleil est presque couché. Je crois que j'ai dormi pendant des heures.

— Sur le plateau? Ce n'était pas sage du tout, ma chérie. Tu aurais pu attraper un coup de soleil.

— Oh, ma peau ne brûle pas si facilement. As-tu quelque chose de spécial à me montrer? demanda-t-elle en se retenant de rire. Les surprises de Tuteur manquaient délicieusement de subtilité.

— Oui. J'aimerais que tu reviennes à la maison, Nolwenn, s'il te plaît.

— Il fait si beau ici. Est-ce si important?

Elle adorait le taquiner. Il était toujours si sérieux, et très mauvais menteur.

— Oui. C'est que... j'ai pensé qu'il était temps de prendre tes mesures. Tu auras peut-être besoin d'une nouvelle garde-robe d'été.

— Mais je suis sûre que mes affaires de l'an passé me vont encore, dit-elle, faussement désinvolte.

Une pause.

— Néanmoins, j'aimerais en être certain.

— D'accord, dit-elle en riant enfin. J'arrive tout de suite. Est-ce que je peux amener Hobbit?

— *Pas* à la maison.

La voix de Tuteur était ferme.

— Mais tu vas le blesser. Il n'aime pas rester sur la terrasse. *S'il te plaît*, Tuteur.

— Absolument pas. Et un *Draco hirsutus* n'a pas de sentiments susceptibles d'être blessés.

— Hobbit en a, le contredit-elle. Bon, d'accord, je te taquinais. Je descends tout de suite.

Elle entama sans plus tarder la descente du vertigineux escalier de pierre, ses doigts et ses orteils s'accrochant aux prises.

À mi-hauteur, une faille horizontale naturelle avait été élargie afin de créer une terrasse large de trois mètres et longue de dix. Un parapet de pierre naturelle courait le long du bord. Il y avait là des chaises de bambou et des tables, ainsi qu'une sorte de hamac suspendu à l'ombre d'un renfoncement de la falaise.

Aux quatre coins de la terrasse, il y avait des plantes en pot, des arbustes à fleurs qui venaient de l'autre bout du continent, près de la mer. Tuteur les avait ramenés pour son anniversaire deux ans plus tôt. Installés sur la terrasse ombreuse, ils n'avaient pas cessé de grandir et de fleurir depuis, grâce à des arrosages quotidiens.

Derrière la terrasse, il y avait deux grandes pièces taillées dans le roc même de la falaise, éclairées par des fenêtres à l'est et hautes de plafond. L'une d'elle était la chambre de Nolwenn. Elle et Tuteur s'étaient beaucoup amusés à la décorer. Ni l'un ni l'autre ne savaient très bien à quoi la chambre d'une jeune fille devait ressembler. Néanmoins, Tuteur avait fait appel à ses plus anciens souvenirs et inventé de nouveaux tissus, et Nolwenn adorait le résultat.

La deuxième pièce servait de salon, de bibliothèque et de tout le reste. L'été, Nolwenn mangeait le plus souvent sur la terrasse, rafraîchie par le petit vent des hauteurs, avec la musique des Cascades en contrebas comme bruit de fond. L'hiver, les tempêtes de l'équinoxe dévalaient des montagnes au nord et elle mangeait sur une petite table dressée devant l'âtre du salon.

Les livres, la musique et les enregistrements, ainsi que quelques bibelots précieux, étaient arrivés sur Isis dans les bagages de la première équipe d'exploration. Tuteur le lui avait dit lorsque Nolwenn lui avait demandé s'il avait fabriqué tout ce qui leur appartenait. Elle était bien obligée de le croire sur parole. Elle n'avait pas le moindre souvenir de ses premières années sur Isis. Sa mémoire débu-

tait... quand donc? Elle compta les anniversai-
res à rebours.

Neuf. Pour son neuvième anniversaire, Tuteur lui avait fabriqué un assortiment de bijoux, ornés de pierres de feu tirées des
montagnes du grand nord. Pour son huitième
anniversaire, il avait rapporté les arbustes à
fleurs de la terrasse. Quand elle avait eu sept
ans... elle se tint à la porte de la terrasse, fron-
çant les sourcils en essayant de se souvenir...
Mais bien sûr! C'était l'année où Tuteur lui
avait trouvé Hobbit. Il était tout petit à l'époque, naturellement — il faisait à peine un
demi-mètre et elle pouvait le prendre dans ses
bras pour le caresser. Elle sourit en se souvenant de l'expression horrifiée de Tuteur quand
il avait compris quelle taille Hobbit aurait un
jour.

Elle venait d'avoir six ans lorsqu'ils
avaient transformé sa chambre, substituant
son élégance actuelle au décor de garderie
d'autrefois. Cinq... Pour ses cinq ans, Tuteur
lui avait appris à peindre et il avait fabriqué
pour elle une merveilleuse boîte de couleurs,
ainsi que des feuilles de papier et de carton.

Quatre. Quand elle avait eu quatre ans, il y
avait eu la maison de poupée avec une famille
composée d'un père, d'une mère, de deux enfants
et d'un bébé. Elle se rappela tout à coup, comme

si cela venait d'arriver, qu'elle avait cessé de jouer le temps de demander à Tuteur, «Pourquoi je n'ai pas de papa et de maman, moi aussi?»

Il avait répondu de sa voix la plus douce. «Tu ne te rappelles pas, Nolwenn? Je suis ton père et ta mère.» Après, parfaitement heureuse, elle avait joué avec son cadeau pendant des heures d'affilée.

Le souvenir était si net qu'elle avait l'impression de pouvoir toucher cette autre Nolwenn. Pourquoi n'arrivait-elle pas à remonter plus loin? Trois? Elle s'efforça de se rappeler de son troisième anniversaire si longtemps que sa tête se mit à tourner, mais c'était toujours le vide. Pas un indice. Ce n'était pas comme les brouillards matinaux dans la vallée, qui cachaient les détails sous un chatoiement irisé. C'était comme s'il n'y avait rien à cacher. Rien qu'un vide. Une non-existence.

Avoir trois ans sur Isis, c'était tout comme avoir cinq ans sur Terre. Elle l'avait calculé. Elle avait consulté de nombreux livres et enregistrements au sujet de la Terre. À cinq ans, les petites filles allaient déjà à l'école et elles devaient sûrement se souvenir des années antérieures.

La voix de Tuteur surgit de l'intérieur de la maison.

— Nolwenn!

Elle tressaillit.

— Oui, j'arrive.

Elle tapota la tête de Hobbit et repoussa son museau, lui signifiant de rester à l'extérieur, sur la terrasse.

Le salon était désert et la voix de Tuteur lui parvint de la cuisine.

— Le thé sera prêt d'ici dix minutes. Tu pourrais te changer, pour me faire plaisir...

— Oui, d'accord. Je vais faire vite, mais il faut que je prenne une douche d'abord. J'ai eu chaud là-haut.

— Je pensais que tu n'avais pas attrapé de coup de soleil.

— Mais non, je te le jure. Pas besoin d'en faire tout un plat, cher Tuteur. Je reviens tout de suite.

Elle galopa sur le plancher de pierre du salon et se rua dans sa chambre. Depuis son sixième anniversaire et la redécoration, elle avait conclu un pacte solennel avec Tuteur. Elle s'engageait à ranger et nettoyer sa chambre, et Tuteur s'engageait à ne jamais y mettre les pieds. Ainsi, lorsqu'elle vit qu'on était entré, une bouffée de contrariété monta en elle. Puis, elle cligna des yeux et reconnut...

— Super! SUPER!

Elle se précipita jusqu'au lit sous son baldaquin à fanfreluches. Une longue robe en tissu lamé or était étendue sur la courtepointe. D'élégantes mules dorées étaient posées sur la descente de lit.

— Super! cria-t-elle de nouveau, se débarrassant de sa combinaison en un clin d'œil et se jetant sous la douche.

Cinq minutes plus tard, elle soulevait avec révérence la superbe robe et l'enfilait tête la première. La robe allait à merveille, bien entendu. Tout ce que Tuteur essayait réussissait parfaitement; ce n'était pas toujours facile de se sentir à la hauteur. Elle glissa ses pieds dans les mules et baissa les yeux pour admirer sa forme miroitante, caressant avec délices le matériau de la robe.

Les talons hauts et le fourreau étroit l'obligèrent à marcher d'une manière complètement nouvelle, à petits pas, en balançant les hanches pour compenser. Elle ne s'était jamais sentie si... si différente, si adulte, de toute sa vie. Puis, lorsqu'elle fit quelques pas de plus, elle s'aperçut que Tuteur lui avait préparé une autre surprise. Grâce à un procédé de sa façon, il avait incorporé de la *musique* aux fibres du tissu, de sorte que la robe réchauffée par sa chaleur corporelle se mit à vibrer — émettant un fredonnement discret si Nolwenn bougeait sans se presser, et un chant semblable à celui de la harpe si elle marchait vite.

— Oh, Tuteur!

Elle pirouetta en surgissant de sa chambre, tournant de plus en plus vite, s'enveloppant d'arpèges et de cadences, jusqu'à ce que ses talons hauts se prennent dans un des tapis et qu'elle tombe dans un fauteuil, son rire se mêlant au decrescendo de la musique.

Tuteur, très correct et officiel, l'attendait à côté d'une petite table tirée auprès d'une fenêtre qui donnait sur le précipice et les Cascades en contrebas. L'ombre d'un sourire se laissait deviner sur son visage toujours si sérieux. Elle se releva et courut — en faisant attention — pour le rejoindre, déroulant un écheveau de notes.

— Merci, merci un million de fois, cher Tuteur. C'est la plus belle, la plus charmante robe de toute la Galaxie et je l'adore!

Elle l'embrassa, déposant un baiser sur sa joue.

— Heureux dixième anniversaire, ma chère Nolwenn! dit-il en lui présentant sa chaise.

— Oh, tout a l'air si super, si merveilleux. Quelle magnifique surprise!

Ses yeux se posèrent sur l'argenterie, sur la porcelaine à la mode de la Terre, sur les plats remplis de tous les mets qu'elle avait aimés — et elle en aimait beaucoup, et la mémoire de Tuteur était infaillible. *Je n'en mangerai pas la moitié*, se dit-elle, l'extravagance de Tuteur manquant la faire rire.

Au centre exact de la table lourdement chargée, il y avait un gâteau, un monument orné d'un filigrane d'argent et de sucre filé, sa cime portant dix bougies allumées. Tuteur avait même créé un enregistrement spécial pour son anniversaire, en prenant différentes voix pour chanter encore et encore, de sorte que lorsqu'il le fit jouer, une chorale entière entonna: «Bonne fête, Nolwenn, bonne fête, bonne fête...»

— Génial! C'est ton plus beau cadeau. Merci beaucoup, cher Tuteur!

Il lui sourit et replaça une mèche tombée du mauvais côté de sa raie lors de sa danse échevelée.

— Un peu de thé, si tu permets.

— Ce serait extra. Dieu que j'ai faim!

Elle prit son courage à deux mains et commença à manger.

— Tu ne fais pas de vœu? Les bougies ne vont pas brûler indéfiniment.

— J'ai oublié. Oh, Tuteur, je ne sais pas quoi souhaiter! J'ai tout ce que je veux, absolument tout... Je sais. Je vais souhaiter que tout reste pareil, exactement comme en ce moment.

Elle inspira à fond et souffla. Dociles, neuf bougies s'éteignirent tout de suite. La dixième vacilla, cracha quelques étincelles et brilla encore un instant avant de se résigner à s'éteindre.

— Oh là là! J'espère que ça compte quand même.

— J'en suis certain. Tu n'as pas eu besoin de recommencer, après tout.

Quand Nolwenn eut terminé de manger, se forçant même si elle n'avait plus faim rien que pour voir Tuteur briller de plaisir en la regardant démolir l'œuvre de ses mains, elle s'affala dans un des fauteuils avec un soupir.

— Si je mange trop, je ne pourrai plus mettre ta belle robe.

— Je l'élargirai. Ou je t'en ferai une autre, dit Tuteur sans se troubler.

Il s'assit à côté d'elle et la serra.

— Comme tu sais me rassurer...

Elle se blottit contre son épaule, consciente de la vie qui vibrait à l'intérieur de lui, sous la tunique qu'il portait tout le temps. Il avait programmé une soirée de musique de chambre, qu'ils écoutèrent en silence un moment.

— Tu as souhaité que rien ne change, Nolwenn, dit alors Tuteur. Ce n'était pas très sage.

— Ça ne fait rien. Si quelque chose est parfait, pourquoi faudrait-il souhaiter que ça change?

— La stagnation, c'est la mort, cita Tuteur. Comprends-tu ce que ça veut dire?

— Je sais ce que tu veux me dire, mais je ne comprends pas pourquoi ce serait toujours vrai. Regarde-moi ce coucher de soleil.

Elle tendit le bras vers la fenêtre et sa robe carillonna en cadence. Le ciel s'était assombri, les montagnes de l'est et les Cascades profilant leurs silhouettes sur un fond bleu-vert. Le jour finissant argentait l'eau des chutes. Le vent était tombé. Rien ne bougeait.

— Tu vois, Tuteur? Parfait.

— Mais tout change sous nos yeux, Nolwenn, en ce moment même. Bientôt, les étoiles s'allumeront. Râ a fait des siennes, cette semaine, et tu auras sûrement droit à une aurore boréale. Renoncerais-tu à ceci pour avoir cela? Puis, dans moins de dix heures, il fera de nouveau jour. Quelque part, un cactus fleurira pour la première fois cette année. En bas dans la vallée, les arbres fruitiers sont déjà en fleurs. Veux-tu vraiment qu'ils le restent, et qu'ils ne donnent jamais de fruits?

— Non. Bien sûr que non, dit Nolwenn en hésitant. Ce n'est pas le genre de changement qui m'effraie. Je parlais des choses importantes. Toi et moi, je veux dire.

— Si toi et moi, nous cessions d'exister cette nuit, cela ne changerait rien pour Isis. Et

Râ se lèverait quand même demain matin. La Galaxie se passerait de nous.

— Oui, mais...

Nolwenn éclata de rire, mi-contrariée, mi-amusée. C'était difficile de discuter avec Tuteur. Elle avait beau l'aimer, il avait parfois un point de vue à des parsecs du sien.

— Tout ce que je voulais dire, c'est que je veux que rien ne change jamais entre toi et moi. Et Hobbit. Qu'on soit heureux tous les trois, aussi heureux qu'aujourd'hui, et pour toujours.

Tuteur hocha la tête, sans répondre. Quand il prit la parole, ce fut pour changer de sujet.

— As-tu aimé ta chanson d'anniversaire?

Elle réfléchit, la tête penchée sur le côté.

— C'était... différent. C'est la première fois que tu le faisais, n'est-ce pas? On aurait dit que... eh bien, que la salle était remplie de gens. C'est drôle, mais je ne sais pas si j'aimerais vraiment ça.

— Ils te souhaitaient tous une bonne fête.

— Je sais, mais c'était juste une illusion, bien sûr. Je me demande ce que ça donnerait, une fête avec autant de gens. Je ne sais pas. Non, je ne crois pas. Je n'ai besoin de personne sauf toi, Tuteur. Tu es parfait. Mais pourquoi me poses-tu de telles questions? Est-ce que tu t'inquiètes pour moi? Je veux bien m'asseoir dans ton fauteuil ridicule pour un autre test psychologique si ça peut te réconforter. Mais, honnêtement, je suis aussi heureuse que possible.

Le concerto s'acheva sur une finale triomphante avec des fioritures de violon et de violoncelle. La pièce resta silencieuse. Dehors, la nuit envahissait l'abîme et s'aventurait jusqu'au bord de la terrasse. Au-delà des montagnes au nord-est, l'aurore boréale se mit à briller, traversée par des traits rougeoyants, déployant des draperies de soie verte et chatoyante.

— Vas-tu faire jouer un autre enregistrement, Tuteur?

— Il y a autre chose que tu dois écouter d'abord, Nolwenn. Quelque chose de neuf.

— Qu'est-ce que c'est?

— Un message que nous avons reçu.

— Capté par le Phare?

Nolwenn se leva d'un bond,

— Un cargo? Ne fait-il que passer ou va-t-il atterrir? Ah, je vois dans tes yeux qu'il va atterrir. Comme c'est excitant! Pourquoi ne l'as-tu pas dit plus tôt? Je me demande ce qu'il transporte. Il aura peut-être de nouveaux livres. Ou de la musique. J'espère qu'ils accepteront de nous en échanger pour des pierres de feu. Oh, Tuteur, tu ne trouves pas que c'est formidable? C'est pour ça que tu me posais toutes ces drôles de questions? Comme si j'allais être bouleversée par l'atterrissage d'un cargo! Je vais pouvoir rencontrer l'équipage cette fois, n'est-ce pas? Il n'y aura pas encore une bête quarantaine, hein? Je me souviens de la dernière escale d'un cargo chez nous. Il y a des années et des années. Tu ne m'avais pas laissé rencontrer nos visiteurs. Cette fois, ce sera différent, pas vrai?

— Nolwenn!

La voix de Tuteur s'intercala dans son bavardage. Quelque chose d'inhabituel dans son ton la coupa en plein élan. Elle le fixa, surprise.

— Nolwenn, ce n'est *pas* un cargo. C'est un transport de voyageurs. Un des vaisseaux du CTS.

— Le Consortium de Transport stellaire? Mais c'est la compagnie qui nous a déposés sur Isis.

Nolwenn sentit une masse froide peser au fond de son estomac.

— Ils ne sont pas venus nous chercher, Tuteur, hein? Dis-moi qu'ils ne veulent pas nous rapatrier et fermer le Phare? Je refuse de partir. Je ne partirai jamais. Je prendrai la fuite s'il le faut!

— Du calme, Nolwenn. Il n'y a pas de quoi paniquer. Si tu me donnais la chance d'expliquer, ce serait tellement plus simple. Ce vaisseau transporte des colons.

— À destination de...?

— D'Isis, Nolwenn. D'ici-même.

— Non!

— Qu'est-ce qui te prend? Tu sais bien qu'Isis est une planète classée B-1. Les autorités responsables de l'émigration sur Terre sont à court de planètes classées A à proximité de la Terre et elles ont tiré notre nom. Une colonie au complet va débarquer: quatre-vingts personnes, des hommes, des femmes et des enfants.

— Pour vivre ici? Pour toujours? Sur *notre* planète?

Tuteur hocha la tête, ses yeux fixés sur son visage. Nolwenn se détourna. Quand elle reprit la parole, sa voix était assourdie.

— Qu'est-ce qui va nous arriver?

— Rien du tout. Tu connais le Code des gardiens de phare aussi bien que moi. Nous continuerons d'entretenir le Phare et de venir en aide aux voyageurs en détresse ou aux colons dûment reconnus.

Nolwenn trépigna.

— Mais je ne veux pas.

— Je suis désolé, ma chère. C'est sans importance, désormais.

La voix de Tuteur était remplie de sollicitude, mais ferme. Elle le fixa, incrédule. Elle ouvrit la bouche, sans savoir quoi dire. Son regard balaya désespérément la pièce accueillante. Derrière Tuteur, il y avait la table avec les restes de son festin d'anniversaire, les bougies consumées, l'une d'elle s'inclinant comme la Tour de Pise sur Terre. Dehors, l'aurore boréale enflammait la nuit d'Isis.

Elle pivota et s'enfuit dans sa chambre aussi vite qu'elle le put avec ses talons hauts. Des sanglots se pressaient dans sa gorge, mais sa robe tintait joyeusement. Tuteur la suivit et s'arrêta sur le seuil.

— Nolwenn, écoute-moi, s'il te plaît.

— Non! Va-t'en. Tu ne comprends donc rien à rien? Tout est gâché maintenant.

— Il faut que tu écoutes l'enregistrement, Nolwenn. Tu es la Gardienne du Phare. C'est ton devoir.

— Je ne veux pas. Je m'en fous. Écoute-la, *toi*! Occupe-toi de tout. Je refuse de m'en occuper. Pas maintenant. Plus jamais.

Elle se jeta sur le lit et fusilla le plafond du regard. Elle savait qu'elle se comportait comme une enfant gâtée et qu'elle aurait profondément honte le lendemain. En ce moment, elle s'en moquait. Le dépit la poussait à s'entêter. Elle aurait aimé dépasser les bornes pour de vrai — si seulement elle avait pu imaginer comment...

Du coin de l'œil, elle vit Tuteur hésiter sur le seuil de la chambre. Un instant, elle crut qu'il allait se résoudre à entrer et elle apprêta une nouvelle provision d'indignation. De quoi être *vraiment* fâchée! Mais alors, poussant l'ombre d'un soupir, il se retira sans même lui fournir un prétexte pour s'emporter contre lui.

Étendue de tout son long, elle fixa tristement le plafond. À l'origine, il n'y avait eu qu'une étendue de roche nue, exactement semblable aux murs et au plancher taillés dans le roc de la falaise par Tuteur. Maintenant, les murs étaient cachés par des panneaux rose ou couleur crème, tandis que le plafond était constitué d'une plaque translucide derrière laquelle brillaient les lumières. Tuteur avait conçu le nouveau plafond de manière à ce qu'elle pût allumer l'éclairage ou le tamiser, et même en changer la teinte, rien que par la pensée.

En ce moment, elle était si terriblement fâchée que l'éclairage de la chambre avait baissé et avait adopté une horrible teinte violet sale. Elle ne l'avait jamais vu faire ça avant. Et cette lumière enlaidissait horriblement les murs rose fuchsia, les coquets rideaux à fleurs et les fanfreluches du baldaquin.

Soudain, un crépitement emplit la pièce et elle se redressa, indignée. Tuteur avait renoncé à se disputer avec elle, sans se soucier de ce qu'elle voulait, et il faisait jouer l'enregistrement sur l'interphone — très fort.

— C'est de la triche! cria-t-elle par la porte ouverte.

Une voix se substitua au crépitement, la voix d'un homme, grave et non sans un brin de chaleur séduisante. Contre son gré, elle l'écouta parler. Le son était si fort qu'elle n'avait pas le choix, après tout.

— Le *Pégase II* appelle Isis. Le capitaine Jonas Tryon du *Pégase II* appelle la Gardienne du Phare d'Isis. Répondez, Isis.

Il y eut une pause, libre de parasites, ce qui voulait dire que Tuteur avait coupé une partie de l'enregistrement. Quand le crépitement reprit, la voix du capitaine s'éleva de nouveau.

— Nous atterrissons dans deux jours. Nous avons quatre-vingts colons à bord. Nous vous prions de tout préparer pour l'atterrissage et de nous faire parvenir toute indication utile à la sécurité de nos passagers. Nous vous prions aussi de fournir de nouvelles prévisions météo...

Il y eut une nouvelle pause. Nolwenn découvrit qu'elle était déchirée, à la fois désireuse d'entendre de nouveau la voix de l'inconnu et priant pour qu'il se tût et qu'il repartît.

— Nous avons hâte de vous voir, ajouta l'enregistrement en prenant le ton de la conversation.

Nolwenn se retourna sur le ventre et, furieuse, elle se cacha la tête sous l'oreiller tandis que l'enregistrement concluait, imperturbable: «... ça fait bien longtemps que vous êtes seule, Isis».

Chapitre 2

Il était inévitable que Râ se lève le matin et se couche le soir. Il était inévitable que les lunes Shu et Nut se fassent la course dans le ciel. Et il était inévitable qu'en dépit des colères de Nolwenn, le transport de colons *Pégase II* du CTS atterrisse deux jours plus tard dans la prairie au sud du plateau.

Nolwenn observa son arrivée du sommet du plateau. L'astronef tomba du ciel queue la première, ses fusées s'embrasant, si près qu'elle put lire les vestiges du numéro d'immatriculation sur son flanc usé, les lettres décapées par la poussière interstellaire durant le trajet de dix-sept parsecs. Si le vaisseau avait souffert à ce point du voyage, dans quel état se trouvaient donc les passagers?

La veille, Tuteur avait travaillé de l'aube à la nuit tombée afin de dégager l'aire d'atterrissage, laissant Nolwenn superviser à la maison l'enregistrement des messages reçus. Il avait tondu un espace circulaire d'un kilomètre de diamètre au milieu des hautes herbes en fleurs et il avait aspergé le tout avec un ignifuge. Le séjour des colons s'annoncerait bien mal s'ils mettaient le feu à leur nouvelle planète avant d'y metttre le pied.

Le travail de Nolwenn se résumait à sauvegarder les messages reçus et à transmettre des rapports sur les conditions locales — le temps qu'il faisait dehors, les animaux et les plantes comestibles, les prédateurs dans la région, bref, tout ce dont le capitaine aurait besoin pour organiser un campement sûr pour ses passagers. Une fois installés, les colons décideraient eux-mêmes des dangers, à tort ou à raison. En attendant, désorientés et fatigués comme ils devaient l'être, ils étaient à la merci d'une erreur qui, commise en une fraction de seconde, pourrait entraîner la ruine de la colonie avant même son établissement. Des bévues semblables avaient déjà eu lieu, sur d'autres planètes, à la lumière d'autres soleils.

Pour se désennuyer, Nolwenn écouta les rapports en cours d'émission. Ils regroupaient des données recueillies par eux deux. Nolwenn trouva que Tuteur se montrait inutilement tatillon et excessivement protecteur à l'égard des nouveaux colons. Tous ces rappels de la pauvreté en oxygène de l'atmosphère et des niveaux élevés d'ultraviolets résultant de l'éclat d'Isis comme étoile de type F, nettement plus chaude que le Soleil de la Terre... Tuteur avait même averti les nouveaux venus de rester au fond des vallées et de ne pas essayer de grimper ne fût-ce que les pentes les plus basses sans masque à oxygène et sans combinaison à l'épreuve des ultraviolets. Franchement ridicule!

N'était-elle pas assise au sommet du plateau le plus élevé de l'hémisphère, jouissant de la douce caresse printanière des rayons de Râ sur ses bras et ses jambes dénudés, et respirant avec plaisir l'air pur et âpre?

Mais bien sûr, ces pauvres colons étaient habitués à l'atmosphère moite et gonflée d'oxygène de la Terre, dont le Soleil, si elle avait bien compris, brillait si faiblement qu'on n'avait jamais l'occasion de transpirer. Il leur faudrait se faire aux conditions sur Isis, voilà tout. Dès qu'ils se seraient acclimatés, ils ne s'énerveraient plus sur ces questions de masques à oxygène et de combinaisons anti-UV.

La descente de l'astronef ralentit. Ses rétrofusées grondèrent, un torrent de flammes s'étalant sur le sol et allongeant des langues de feu dans tous les sens. Le bruit fit le tour de la plaine et ricocha sur les montagnes environnantes, comme un long roulement de tonnerre. Soudain, les fusées s'éteignirent, le vaisseau oscilla brièvement, puis s'immobilisa, et le silence pesa sur les tympans de Nolwenn.

Des volées d'oiseaux avaient fui dès le début de la descente. Les animaux de la prairie aussi avaient pris la fuite et ils se cachaient, aussi bien les lapereaux que les cervidés. Même au sommet du plateau, où rien ne les menaçait, les taupes et les loirs restaient tapis dans leurs terriers, ou s'étaient roulés en boule, se confondant avec la rocaille rouge et violette.

Plus rien ne bougeait. Tout était silencieux. Le calme était tel que, du sommet du plateau, à mille mètres au-dessus du site d'atterrissage, Nolwenn pouvait capter les craquements et grincements du métal qui refroidissait après son échauffement lors de l'entrée dans l'atmosphère d'Isis.

Si les gens à l'intérieur sortaient maintenant, ils se croiraient sur une planète déserte. Rien ne se passait. Rien ne bougeait. Elle se rassit, adossée à un quartier de pierre, et dévora les sandwiches qu'elle avait apportés pour dîner. Au bout d'un moment, une de ces petites créatures qu'elle appelait des souris-jacasse sortit le museau de son terrier. Ses moustaches frémissantes balayèrent les environs et la petite bête capta la bonne odeur des restes de Nolwenn. En un bond, elle jaillit de son trou et trottina autour de Nolwenn, ramassant les miettes de son repas.

Une alouette de montagne s'envola et s'éleva vers Râ jusqu'à ne plus être qu'un point noir dans l'immensité du ciel. Puis, refermant ses ailes, elle piqua comme si elle avait été lancée par une catapulte, entonnant un chant de victoire. C'était un oiseau minuscule, qui tenait dans la paume de la main et qui nichait dans les cactus. Il se construisait des nids d'herbe sèche plus petits qu'une tasse à thé, où il pondait quatre mignons petits œufs violets. Il n'y avait rien de plus mélodieux que son chant sur Isis et, pourtant, d'une manière que Nolwenn n'aurait su expliquer, sa beauté lui fit profondément mal. La jeune fille prit conscience d'un vide douloureux au fond d'elle-même, comme s'il lui manquait quelque chose de terriblement important, sans même savoir de quoi il s'agissait.

Ce qui n'a aucun sens, se dit-elle pour une énième fois. *Je suis heureuse sur Isis. Parfaitement, glorieusement heureuse. Ou du moins je l'étais jusqu'à aujourd'hui. Je n'ai besoin de personne dans toute la Galaxie à part Tuteur, et il n'a besoin de personne sauf moi. Alors, pourquoi ai-je l'impression que mon cœur se brise, juste un peu, chaque fois que j'entends le chant de l'alouette?*

Au fond de la vallée, quelque chose se passait enfin. La jeune fille, assise en tailleur au bord de la falaise méridionale, braqua ses jumelles vers le bas. L'écoutille principale du vaisseau s'ouvrit en grinçant et une échelle de coupée se déploya. Nolwenn fixa le carré ombragé, découpé dans le flanc du vaisseau, au moyen de ses jumelles. Malgré la puissance des lentilles, elle avait l'impression de le voir à travers un fin brouillard. Elle regretta que l'atmosphère épaisse du fond de la vallée brouille ainsi son premier aperçu des étrangers venus de la Terre.

Une forme humaine emplit soudain l'ouverture. Un homme de grande taille, les épaules carrées, tout de blanc vêtu. Le capitaine Jonas Tryon. Nolwenn articula son nom à voix haute. Elle en aimait le son. On aurait dit le nom du capitaine d'un baleinier de Nantucket ou d'un grand clipper des mers d'autrefois. Elle ajusta la focalisation des jumelles et ses traits se précisèrent, plus nets qu'elle n'aurait osé l'espérer. Son cœur trépidait sourdement. Qu'il était différent de Tuteur!

Alors que le visage de Tuteur était lisse et doré, celui du capitaine était taillé à la hache, découpé comme le flanc du plateau, strié de sillons qui couraient de la bouche au nez.

Même sa peau avait la teinte rougeaude des pierres d'Isis. À cette distance, à travers l'air épais de la vallée, elle était incapable d'en distinguer plus, mais elle était certaine qu'il avait les yeux bleus, non, bleu marine, et le regard perçant.

Il baissa la tête, son visage disparaissant de la vue de Nolwenn, et il entreprit de descendre l'échelle de coupée. Elle déplaça ses jumelles et vit que Tuteur marchait à la rencontre du capitaine. Il atteignit le pied de l'échelle au moment même où la botte du capitaine Tryon se posait sur la surface d'Isis. Nolwenn le vit tendre la main au nouveau venu, mais le capitaine eut un moment d'hésitation. Nolwenn le distingua sans peine, malgré la distance. Puis le capitaine étendit la main... à contrecœur?... et serra celle de Tuteur.

C'est moi qui devrais être là pour accueillir le capitaine, se dit Nolwenn, vexée. Maintenant que l'impensable avait eu lieu, elle se consumait de curiosité. De quoi parlaient-ils donc, à l'ombre du *Pégase II*? Ce n'était franchement pas juste! Tuteur n'aurait pas dû l'exclure de cette rencontre historique. *Après tout,* se dit-elle, *c'est moi la Gardienne du Phare, pas lui.* Elle manqua tomber dans le vide en se penchant, comme si un centimètre de plus pouvait l'aider à entendre ce qu'ils se disaient.

Ils se séparèrent, sans poignée de main cette fois. Tuteur s'inclina légèrement, avec un brin de servilité qu'il n'avait jamais témoigné envers Nolwenn. Sans savoir pourquoi, l'adolescente s'en irrita. Le capitaine gravit de nouveau l'échelle de coupée. Lorsqu'il disparut à l'intérieur du vaisseau, Tuteur rebroussa chemin à son tour et retraversa le rond de terre calcinée pour rejoindre son flotteur garé à l'écart dans l'herbe haute.

C'est fini, donc, se dit Nolwenn. *Ils sont arrivés.* Elle se leva, s'étira et rangea les jumelles. Isis avait l'air exactement pareille. Se succédant jusqu'à l'horizon, les chaînes de montagnes allongeaient des crêtes rougeâtres veinées d'indigo et des pentes que les cactus et des buissons épineux teintaient d'argent. Si elle s'éloignait un peu du rebord du plateau, de sorte que le *Pégase II* et le rond de terre brûlée disparaissent, ce serait comme si la journée n'avait pas eu lieu. Comme si Isis était redevenue ce qu'elle avait toujours été. Elle soupira en se rappelant son souhait d'anniversaire. Sauf que, dans la vraie vie, une chose ne cessait pas d'exister parce qu'elle, Nolwenn Le Pennec, ne la voyait plus.

Lorsqu'elle arriva au pied de l'escalier de pierre près de la maison, Tuteur venait d'atterrir aux commandes du flotteur au bout de la terrasse. Il avait le même air imperturbable que d'habitude — comme s'il accueillait tous les jours des colons venus d'un monde à dix-sept parsecs d'Isis.

— Eh bien? lança-t-elle, essoufflée par sa descente précipitée.

— Eh bien, quoi?

— L'as-tu invité à souper? Le *ca-pi-tai-ne*, Tuteur. Franchement, ne me dis pas que tu as oublié de l'inviter?

— Tu sais que je n'oublie rien. Le moment ne s'y prêtait pas, c'est tout. Je lui ai transmis tes salutations. Je lui ai expliqué qu'avant de le rencontrer et de rencontrer les passagers, il faudrait que tu obtiennes la permission du médecin de bord.

— Tuteur, s'ils ne sont pas tombés malades dans l'espace, pourquoi le seraient-ils mainte-nant? Et pourquoi voudrais-tu que j'attrape quelque chose? Je ne suis jamais malade. Tu t'en fais pour rien.

— Peut-être. Mais le fait est qu'ils n'ont pas été exposés à des microbes depuis... depuis de nombreuses années. Des précautions rai-sonnables s'imposent.

— Mais tu n'as pas pris de telles précau-tions, toi, n'est-ce pas?

— Moi? Je t'ai déjà dit que je suis à l'abri de toutes les faiblesses humaines.

Nolwenn éclata de rire.

— Trêve de plaisanterie, Tuteur: je veux savoir *quand* je vais pouvoir rencontrer le capitaine Jonas Tryon.

— Est-ce si important pour toi, Nolwenn? demanda Tuteur avec une pointe de tristesse dans la voix. Souffres-tu de la solitude? Je croyais que...

— Oh, non! Rien à voir, tu le sais bien. Je suis tellement curieuse, c'est tout. Une autre *personne*. Je me demande de quoi nous parlerons, ce qu'il pensera d'Isis... ce qu'il pensera de moi. Et s'ils ne m'aimaient pas? Oh, Tuteur, ce serait terrible!

— Bien sûr qu'ils t'aimeront. Pourquoi ne t'aimeraient-ils pas? Et tu pourras rencontrer le capitaine et les colons très bientôt. Je compte te fabriquer un costume spécial — une sorte de combinaison protectrice. Si tu me promets de ne jamais descendre dans la vallée sans la porter...

— À t'entendre, on croirait que les Terriens sont... eh bien, des malades ou quelque chose. Dangereux.

— Ils pourraient l'être pour toi. Fais-moi plaisir, chère Nolwenn, et promets-moi de ne pas descendre dans la vallée avant que le costume soit prêt.

— Tu fais des histoires pour rien, cher Tuteur, mais je t'aime. C'est promis. À condition que tu te dépêches de me préparer ce costume le plus tôt possible.

Le reste de la journée, Nolwenn ne bougea plus du sommet du plateau. Elle observa les colons qui déchargeaient l'astronef et se construisaient un village instantané sur la rive orientale du lac. L'endroit était bien choisi, admit-elle, si on était obligé de vivre au fond d'une vallée où l'air était aussi épais que de la mélasse. À l'est, des montagnes se dressaient presque à la verticale et s'incurvaient vers le nord de manière à protéger en partie l'endroit des tempêtes d'équinoxe. De l'autre côté du lac, en face du village, il y avait un bois dont les arbres portaient des fruits sucrés qui avaient un peu la consistance du pain. Le lac lui-même débordait de poissons et de crustacés, tous comestibles. Si les colons s'assuraient de ne pas souiller la rivière, qui coulait des Cascades pour déboucher dans la partie nord du lac, ils ne manqueraient jamais d'eau potable.

Les colons avaient apporté des petites autochenilles, semblables à celle dont Tuteur se servait pour ses expéditions topographiques lorsqu'il ne désirait pas utiliser le flotteur. Hommes, femmes et enfants, tous peinaient pour entasser à bord des véhicules un maximum de conteneurs remplis de leurs biens. Un va-et-vient d'autochenilles répétait sans arrêt le même trajet autour de la partie sud du lac, par-dessus le pont jeté sur la rivière Perdue et ainsi de suite jusqu'au nouveau village. Avant longtemps, les berges boueuses de la Perdue se ravinèrent et une piste piétinée se dessina entre les hautes tiges de l'herbe-plumet. En quelques heures, des maisons apparurent, constituées de coquilles minces en plastique, aspergées avec une substance tirée d'une citerne sur roues pour former un revêtement compact. Du sommet du plateau, elles ressemblaient aux cocons boursouflés des mites à cactus.

Progressivement, inexorablement, la plaine se transformait. Depuis l'apparition des plantes sur Isis, depuis la formation des montagnes, la vallée avait reposé là, sous un manteau d'herbe verte. La seule agitation avait été le fait des mouvements des cervidés et des oiseaux nicheurs. Maintenant, la vallée ne serait plus jamais pareille. Plus jamais.

Oh, je n'aime pas ça, je n'aime pas ça du tout, se répéta Nolwenn avec ardeur. Elle tourna le dos à l'extrémité méridionale du plateau et contempla ce qui restait de son royaume.

Pas mal... C'était aussi parfait qu'avant, mais ce n'était plus pareil. Malgré elle, Nolwenn succomba à l'attirance du côté sud du plateau. Elle s'assit, adossée à une roche toute chaude de soleil, ses genoux contre sa poitrine, et elle observa de nouveau l'activité intense et réglée dans la vallée en contrebas. De temps à autre, une voix plus forte que la moyenne portait jusqu'à son belvédère.

Et il y avait des rires.

Ces rires... Tuteur ne riait jamais. Curieux, elle n'y avait jamais pensé auparavant. Il ne riait jamais. Elle appuya le menton sur ses genoux. Un drôle de sentiment se faisait jour en elle, une douleur lancinante qui la creusait de l'intérieur, un peu comme la peine qui l'avait envahie en entendant le chant de l'alouette. Subitement, elle eut envie de pleurer. Pleurer? Elle n'avait pas pleuré depuis des années. Quelle raison avait-elle de pleurer? Tuteur était la perfection incarnée. Il lui donnait tout ce dont elle avait besoin et tout ce qu'elle désirait — si c'était «bon pour elle». Pourquoi éprouvait-elle l'envie de pleurer comme si elle avait perdu quelque chose d'important? Non... comme si elle venait de se rendre compte qu'elle avait depuis longtemps perdu quelque chose de précieux, quelque chose dont elle n'arrivait pas à se souvenir?

Hobbit accourut, après avoir escaladé le flanc abrupt du plateau, ses longues griffes arrachant des étincelles aux roches et sa langue d'un mètre de long débordant de sa gueule aux crocs luisants. Il haletait, tout excité par l'activité qui se déployait dans la vallée. Comme elle, il était une créature du haut pays et ce qui se passait en contrebas le troublait profondément. Nolwenn l'embrassa et enfouit son visage dans son flanc velu. Elle pouvait entendre les coups-contrecoups réguliers de son double cœur. C'était rassurant et elle se cramponna à lui jusqu'à ce que les ombres de plus en plus longues et la brise fraîchissante l'avertissent que Râ disparaissait derrière les montagnes à l'ouest. Il était plus que temps de rentrer.

Deux jours plus tard, Tuteur lui présenta sa combinaison à l'épreuve des microbes. Comme tout ce qu'il faisait pour elle, le costume était exactement à sa taille — une combinaison argentée munie de bottes et de gants, tout d'une pièce, avec des fermetures-éclair hermétiques qui permettaient de l'enfiler ou de l'enlever rapidement. Le casque surprit Nolwenn.

— Pourquoi pas une visière transparente, comme dans les scaphandres spatiaux?

— C'est plus beau comme ça, non?

Sa réponse avait quelque chose d'évasif et elle fit la moue. Mais elle devait admettre que la visière était attrayante. Tuteur lui avait donné des traits humains, en plastique opaque teinté. Les yeux étaient cristallins et les narines étaient recouvertes d'une substance perméable spéciale.

— Si l'air peut entrer, les microbes aussi, non? objecta-t-elle. Et comment suis-je censée manger? Ou parler, tant qu'à ça?

— Je te jure que tu ne seras pas exposée à leurs microbes. La membrane filtrera l'air à la perfection. Pour ce qui est de manger, il ne serait pas prudent de manger la nourriture des colons avant qu'ils soient acclimatés et qu'ils aient commencé à manger ce qu'ils produisent. Et si ça t'empêche de parler, ce serait bien la première fois. Bien sûr que tu pourras parler.

— Sans bouger les lèvres? En marmonnant comme une bonne?

— Essaie donc, pour voir. Tu me diras ensuite s'il y a quelque chose qui cloche.

— Bon, d'accord. Mais je ne suis pas convaincue. Je trouve ridicule ta peur panique des microbes. C'est un drôle de visage. Est-il supposé me ressembler?

Tuteur ne répondit pas et lui tendit le costume avec une mine de martyr, si humble et résigné que Nolwenn pouffa de rire. Elle enfila donc le nouveau costume sans autre objection.

— C'est vrai que c'est confortable, avoua-t-elle. Peux-tu m'entendre? J'ai l'impression de marmonner.

— Ta voix est parfaitement audible.

— Et de quoi ai-je l'air avec ce nouveau visage? Pourquoi n'avons-nous donc pas de miroirs ici? Franchement, c'est idiot.

— Tu ne m'en as jamais demandé.

— C'est juste que j'aimerais savoir à quoi je ressemble. Je me demande ce qu'ils vont penser de moi. Crois-tu qu'ils m'aimeront? Et s'ils ne m'aimaient pas? Oh!

Elle s'assit, les jambes coupées.

— Qu'est-ce qu'il y a? Tu te sens mal? Laisse-moi prendre ton pouls.

Elle secoua la tête. Elle porta les mains à son visage et se heurta à la couche de plastique mince qu'elle avait déjà oubliée.

— J'ai peur, Tuteur!

— Il n'y a rien à craindre, je t'assure. Le capitaine, l'équipage, les colons, ils sont tous tes amis. Ils ont hâte de te rencontrer. Après tout, tu es célèbre — la plus jeune gardienne de phare de la Galaxie! Et je serai avec toi tout le temps.

— C'est vrai? Je préfère ça. Je croyais que... Partons-nous tout de suite?

— Sûrement pas. Le capitaine Tryon nous attend pour onze heures.

— Capitaine Jonas Tryon. Tu ne penses pas que c'est un beau nom, Tuteur? Mais comment vais-je me souvenir de tous leurs noms et de tous leurs visages? Qu'est-ce que je vais faire s'ils se ressemblent tous?

— Tu as une très bonne mémoire et d'excellentes facultés perceptives. Après tout, tu ne confonds pas Hobbit avec les autres dragons, n'est-ce pas? Et tu as donné des noms à toutes les familles de loirs du plateau. La plupart des gens auraient beaucoup de mal à distinguer un loir d'un autre. Je t'assure que c'est plus facile de reconnaître les gens. Il n'y a pas de quoi s'en faire.

Nolwenn respira à fond. Elle lissa le plastique de sa combinaison protectrice au niveau de ses genoux.

— Tu as tout à fait raison. Tu me réconfortes, cher Tuteur. Et le costume me va à merveille. C'est juste que... ce sera tellement mieux quand nous serons tous habitués les uns aux autres et que nous pourrons les inviter à souper sur la terrasse, et que je pourrai porter ma belle robe musicale au lieu de ce costume. Est-ce que ce sera très long?

— Pas trop, répliqua-t-il sur un ton que Nolwenn trouva évasif.

Elle fronça les sourcils, soupira et s'en alla retirer le costume.

À onze heures juste, après un repas auquel Nolwenn ne toucha presque pas, ils embarquèrent tous les deux dans le flotteur pour descendre de la terrasse, survolant les Cascades avant de piquer vers l'aval et d'atterrir au centre exact du nouveau village.

Il y avait désormais huit maisons «instantanées», érigées en terrain plat, à bonne distance du lac. La mousse qui avait été pompée pour recouvrir les coquilles avait eu le temps de durcir, acquérant un fini dur comme la pierre, de teinte crémeuse. Les maisons avaient été munies de portes solides et de fenêtres en plastique. Même si elles n'étaient pas aussi vastes que sa propre demeure, elles avaient l'air confortable.

Tuteur posa le flotteur devant le bâtiment principal au sommet duquel le drapeau du gouvernement de la Terre flottait dans la brise du nord-ouest. Quand il descendit de l'appareil, il fit le tour à grands pas et tendit solennellement son bras à Nolwenn. Elle réprima un fou rire et s'abstint de bondir comme à son habitude, débarquant avec toute la dignité requise.

Une foule immense s'était rassemblée sur la place devant le bâtiment principal. Elle éprouva quelque chose qui ressemblait fort à du soulagement en reconnaissant, au milieu de la mer de visages étrangers, les traits hâlés et burinés du capitaine du *Pégase*. La main de Nolwenn se crispa sur le bras de Tuteur et celui-ci la serra pour l'encourager avant de l'entraîner vers l'avant. Il s'inclina légèrement et adopta une voix plus officielle que d'habitude:

— Nolwenn, je te présente le capitaine Jonas Tryon de l'astronef *Pégase II* du CTS. Capitaine, j'ai l'honneur de vous présenter Nolwenn Le Pennec, Gardienne du Phare d'Isis.

Chapitre 3

Des sirènes d'alarme réveillèrent les passagers endormis du vaisseau interstellaire *Pégase II*. Pendant tout le voyage de dix-sept parsecs de la Terre à Isis, les quatre-vingts colons étaient restés plongés dans un sommeil hypnotique, durant lequel l'information nécessaire à la vie sur Isis leur avait été communiquée. Pendant ce temps, alors qu'ils flottaient, retenus par des ceintures capitonnées tandis qu'ils rêvaient et apprenaient, le capitaine du *Pégase II* et son équipage avaient gardé le cap, allant d'une balise à l'autre, émergeant dans l'espace tridimensionnel, vérifiant la position du vaisseau et plongeant de nouveau dans l'hyperespace jusqu'à la prochaine balise. Un observateur posté dans l'espace intergalactique aurait perçu leur voyage de la Terre jusqu'à Râ comme un trajet en pointillé, au gré des disparitions et des apparitions du vaisseau qui se rapprochait insensiblement du centre de la Galaxie.

La première sensation dont Mark London eut conscience en se réveillant, ce fut l'apesanteur illusoire de son corps allongé sur une couchette qui avait eu des mois pour s'ajuster très exactement à sa forme. En fait, le champ gravitationnel de Râ se faisait déjà sentir et la décélération avait débuté. Le stylo abandonné par l'astronavigateur au milieu des airs un instant auparavant venait de se déposer sur la table en dessous. Cependant, la décélération restait imperceptible, surtout pour Mark qui se souvenait de l'angoisse des derniers instants d'attente avant le décollage de la Terre. Et le sentiment d'apesanteur était bien agréable, le laissant à mi-chemin entre le sommeil et l'éveil, complètement détendu.

La voix posée qui l'avait accompagné durant tout le voyage lui parla de nouveau dans le creux de l'oreille.

— Tu as bien dormi. Tu te réveilles en forme et revigoré. Tu te souviens de tout ce que tu as appris. Ne bouge pas. Attends que l'infirmier vienne détacher l'intraveineuse. Tu pourras ensuite t'asseoir, le plus lentement possible, avant de faire les exercices prescrits.

Mark resta allongé, fixant le plafond blanc. Un pincement dans son bras gauche et la pression insistante d'un pansement adhésif déclenchèrent ses actions suivantes. Docile, il se redressa et leva ses jambes encore raides. Il avait des fourmis dans les orteils, mais sinon il se sentait dans une forme idéale. En respirant à fond, il remua ses orteils et fit tourner ses pieds en tous sens. Il toussa. Sa gorge et ses poumons inutilisés étaient pratiquement desséchés. Sa bouche aussi. Un verre d'eau lui ferait du bien.

Dans les lits voisins, sa mère, son père et sa petite sœur Carrie avaient tous l'air sains et saufs. L'infirmier aidait Carrie à se redresser. Excellent, tout se passait comme prévu... non qu'il arrivât souvent aux voyages spatiaux de tourner mal. L'hypno-sommeil protégeait le corps et l'esprit des effets de l'apesanteur et des accélérations durant les émergences du vaisseau dans l'espace réel, et aussi de l'ennui des intervalles entre chaque émergence... Mais Mark était quand même content de constater que sa famille n'avait pas souffert du voyage.

Six heures plus tard, les passagers avaient eu droit à deux repas et à une impitoyable séance d'exercice. La décélération de l'astronef était désormais manifeste. Un objet posé quelque part n'en bougeait plus. Un objet oublié dans les airs s'écrasait sur le plancher. Ce n'étaient pas les colons qui commettaient ce genre d'erreur, mais bien l'équipage dont les visages creusés accusaient les fatigues de l'arrivée dans un système planétaire après des mois d'apesanteur.

Lorsqu'ils ne mangeaient pas, ils consacraient chaque instant à rendre un peu de tonus à leurs muscles flasques. Vingt-quatre heures après son réveil, Mark était convaincu de n'avoir jamais été dans une forme aussi éblouissante. Il regagna sa couchette à contrecœur pour s'attacher. Son cœur battait à tout rompre. Mark redouta que son excitation apparût sur le bio-moniteur et il s'efforça de mettre en pratique les techniques de respiration profonde apprises durant l'hypno-sommeil.

Un dernier hurlement de la sirène. Sans doute un avertissement à l'intention des membres de l'équipage, pour qu'ils s'attachent en prévision de l'atterrissage. Le *Pégase II* entamait sa descente vers son point de chute sur Isis. Et il s'agissait bien d'une chute, même contrôlée par les rétrofusées de l'astronef, qui succombait peu à peu à l'attraction gravitationnelle de la quatrième planète de Râ, Isis.

À l'extérieur du *Pégase II*, les boucliers thermiques se mirent à briller et à s'émietter, semant des étincelles dans le sillage de l'astronef. L'atmosphère était plus épaisse que sur Terre, mais moins dense. La friction ne serait pas aussi intense, mais elle durerait plus longtemps.

Heureusement! Mark avait déjà chaud. La sueur dégoulinait de ses tempes et dans son cou avant d'être absorbée par le coussin calé sous sa tête. À titre d'expérience, il voulut soulever sa main droite en profitant du jeu des sangles, puis juste le bout de son index. Impossible: les forces de réaction de l'astronef ralenti par l'atmosphère d'Isis l'enfonçaient dans sa couchette sous le poids d'une main de géant. Respirer était presque impossible. Il y arrivait en aspirant entre ses dents serrées quelques centimètres cubes d'oxygène à la fois, tout ce que ses poumons pouvaient contenir, juste assez pour empêcher ses yeux de jaillir de leurs orbites. Le fracas déchirant des secousses retentissait autour de lui comme un écho de ce qui se passait à l'intérieur de son propre corps.

Mark était sûr, au seuil de la panique, qu'il n'arriverait pas à résister une minute de plus, lorsque le bruit cessa soudain. Le géant retira la main qui comprimait son corps. Le jeune homme inspira prudemment un peu d'air, puis inspira de nouveau. Dieu que cela faisait du bien!

Le silence était accablant. Était-il devenu sourd? Puis, alors que s'apaisait le tambourinement dans ses oreilles et que son cœur retrouvait son rythme normal, il se mit à entendre les tintements délicats et les claquements sourds du métal en train de refroidir. Puis la voix de Carrie... «Maman?» Et les appels affolés de Jody à l'autre bout du vaisseau. Des passagers soupiraient et s'agitaient. Au loin, Mark distingua des râclements métalliques qui se prolongeaient.

Puis, sans prévenir, les odeurs usées de l'air recyclé disparurent. D'un seul coup, elles furent remplacées par une bouffée de fraîcheur, la senteur de l'herbe sèche, le parfum piquant d'une plante aromatique proche de la sauge, mais distinct et inédit. Et l'âpreté de l'air du haut pays. Quand Mark inspira l'air d'Isis, il sentit un picotement délicieux le parcourir jusqu'aux extrémités. Ils étaient arrivés! Allaient-ils rester allongés encore longtemps? Ils étaient enfin arrivés à destination. Quand auraient-ils la permission de débarquer? Tout autour, les respirations s'accéléraient et on commençait à s'agiter discrètement. Les quatre-vingts colons attendaient la consigne qui les délivrerait.

Quand elle vint, l'entraînement joua une fois de plus. Ils s'assirent. Ils détachèrent les sangles de velcro pour la dernière fois. Ils s'assemblèrent en rangs dans le grand dortoir, puis descendirent, deux par deux, l'escalier tournant jusqu'à la sortie principale.

Il y eut un éclair de clarté éblouissante, mais les marches de l'échelle de coupée étaient abruptes et Mark regarda où il mettait les pieds, conscient des passagers qui s'empressaient derrière lui. Ainsi, tout ce qu'il vit d'Isis pour commencer, ce fut le frémissement d'une herbe gris-bleu et, au pied de l'astronef, une étendue de terre calcinée par les fusées.

Mais une fois en formation avec sa famille et les autres membres de leur Dizaine, il eut le temps de regarder autour de lui, au-delà des hectares d'herbe grise qui ondulaient dans tous les sens, et d'examiner les montagnes dont les flancs escarpés cernaient la vallée. Si certains monts étaient jeunes et anguleux, leurs arêtes inaltérées par l'usure du temps et des intempéries, il y avait aussi parmi eux des plateaux semblables aux mesas du Nouveau-Mexique et du Colorado. Mais le roc qui les composait était partout le même, reconnaissable à sa coloration rougeâtre et à ses veines d'un surprenant violet sombre.

Mark se retourna. Au nord de l'astronef, les montagnes s'écartaient comme à regret, creusant un étroit ravin dont les profondeurs brumeuses révélaient des éclats blanchâtres — une chute d'eau, peut-être. Au-delà du défilé s'élevaient les cimes lointaines d'autres montagnes, que la distance rendait bleu lavande.

Pas un bruit, mis à part les voix étouffées des colons et les tintements aigus du métal qui refroidissait encore. Le ciel était vaste et vide, immensément vide, d'une teinte vert acide. Le soleil... Mark risqua un regard vers le haut et rabaissa tout de suite les yeux... le soleil était petit, brillant et tout blanc. Les ombres qu'il jetait étaient aussi nettes que si elles avaient été taillées dans un carton gris-bleu.

Il se fit pousser du coude et il rentra dans le rang, de sorte que lorsque le capitaine redescendit l'échelle de coupée, les colons étaient alignés par Dizaines. La première Dizaine était composée de dix couples de moins de vingt ans, la plupart s'étant formés en toute hâte pour remplir les conditions d'embarquement. À ses côtés se tenaient les dix couples sans enfants dont les âges étaient compris entre vingt et trente ans.

Les jeunes enfants n'avaient pas eu le droit de faire partie du voyage. On ne savait rien des effets de l'hypno-sommeil sur eux et, de toutes façons, les officiels du CTS avaient décidé que des enfants en bas âge ne seraient pas à leur place sur un nouveau monde. À la fois cause de soucis pour autrui et dangers ambulants, les jeunes enfants exigeaient une surveillance de tous les instants. De plus, ils avaient la détestable habitude de se mettre des substances inconnues dans la bouche et d'apprivoiser les premiers animaux venus, dangereux ou non. Il n'y avait donc pas de bambins parmi les quatre Dizaines.

Les deux Dizaines dont Mark et Carrie faisaient partie consistaient des dix couples mariés de trente ans à quarante ans et de leurs vingt enfants, de Jody — qui avait presque dix ans et qui avait été admis de justesse parce que ses parents jouissaient d'un rare entraînement comme explorateurs de nouveaux mondes — à Mark, qui avait dix-sept ans.

Parmi ces adolescents, la gent masculine comptait deux membres de plus. L'ordinateur avait estimé qu'au cours des deux premières années de la colonie, il fallait s'attendre à la mort de trois hommes sur quarante, mais que seules deux femmes sur quarante risquaient de mourir. Réunir les Dizaines était un exercice délicat autant pour les psychologues que pour les ordinateurs.

Ces quatre Dizaines étaient montées à bord sans se connaître. Ils ne s'étaient jamais rencontrés du temps où ils vivaient sur une Terre surpeuplée, mais ils étaient désormais soudés les uns aux autres par une puissante suggestion post-hypnotique qui faisait d'eux une grande et loyale famille. Tout en attendant au garde-à-vous le petit discours du capitaine,

Mark regarda ses voisins du coin de l'œil. Il connaissait chaque colon, il connaissait chaque nom, le tempérament de chacun, le rôle que chacun devait jouer dans la construction de leur foyer sur ce nouveau monde.

Le capitaine était le seul inconnu, ce qui faisait de lui un personnage plus grand que nature. Il se tint sur le dernier échelon de l'escalier métallique et son regard bleu les transperça tour à tour. Mark observa le visage ridé, rougi par mille soleils, et les yeux étrécis pour supporter le cruel éclat de Râ. Un bref instant, il regretta de ne pas faire partie de l'équipage du cargo. Voyager d'une étoile à l'autre pendant toute une vie, reliant la Terre à ses colonies, c'était quand même drôlement plus excitant qu'une vie de fermier!

Mais alors, son regard se porta au-delà du capitaine et des surfaces grêlées du *Pégase II* pour se perdre dans le ciel clair et immense. Il sentit de nouveau le parfum frais et délicieusement épicé des plantes aromatiques, et il songea: *Tant pis pour l'aventure, on sera chez nous sur Isis.*

Le capitaine prononça quelques paroles, inaugurant formellement la nouvelle colonie, ajoutant un mot de bienvenue, une prière et un avertissement. Son astronef resterait sur place, comme dernier recours, pendant une révolution d'Isis autour de son étoile. Puis, il repartirait pour ne plus jamais revenir, probablement. Si les choses tournaient mal, si la colonie n'arrivait pas à prendre racine, il serait là pour les ramener, mettant un terme à leur seule chance à jamais d'échapper aux pénuries et au surpeuplement de la Terre. S'ils survivaient à leur première année, le *Pégase II* repartirait et les colons seraient livrés à eux-mêmes.

Le capitaine rentra à l'intérieur du vaisseau et l'entraînement hypnotique prit le dessus. Sans fla-fla, sans gestes inutiles, les colons déverrouillèrent les écoutilles de la soute et entreprirent de décharger les conteneurs qui renfermaient les germes de leur nouvelle vie. Ils avaient deux autochenilles et deux petits flotteurs, tous alimentés par des panneaux solaires. Ceux-ci furent descendus à la force des bras et laissés au soleil afin de recharger leurs accumulateurs pendant que les colons achevaient de débarquer le reste de la cargaison.

Une équipe d'ingénieurs prit les devants et construisit un pont pour franchir la rivière qui débouchait de la partie sud du lac. Ces choix avaient été faits longtemps auparavant, sur Terre. La rivière, qui alignaient trois spectaculaires chutes d'eau en descendant des montagnes du nord, ressortait du lac sous la forme d'un cours d'eau placide et sinuait sans se presser entre les bosquets de bambous et les touffes d'herbe des marais avant de disparaître, inexplicablement, sous terre à deux kilomètres au sud. La Gardienne du Phare l'avait baptisée la rivière Perdue et tel était le nom indiqué sur les cartes de la colonie.

Lorsque tous les conteneurs eurent été empilés au pied du *Pégase II*, les autochenilles et les flotteurs avaient accumulé assez d'énergie pour démarrer. Les allées et venues entre l'astronef et l'emplacement de la future ville de l'autre côté du lac débutèrent. Le pont temporaire, à l'origine un rouleau de plastique flexible, avait été déployé par-dessus le marécage herbu qui bordait la Perdue. Un aérosol catalytique ultra-rapide avait fixé la «mémoire» du plastique. Le pont, retenu par des piquets, avait la rigidité du fer et la résistance du béton. Comme s'il était là depuis toujours, il passait dans l'ombre de jeunes plants de bambou aux feuilles grises ou mauves chiffonnées par le vent. Seules ses extrémités se salirent un peu au contact de la boue laissée par les autochenilles qui faisaient la navette, lourdement chargées.

Mark, Guillaume, Angus et Kano entreprirent d'ériger le baraquement qui abriterait les

Dizaines. Il y aurait une baraque pour chacune des Dizaines sans enfants et deux baraques pour les Dizaines avec familles. Plus près du lac, il y aurait une baraque deux fois plus grosse que les autres, donnant sur une esplanade et abritant le réfectoire, la salle de réunion, les cuisines et tout le reste.

Les baraques étaient constituées de minces coquilles de plastique, comme des tentes gonflables, ancrées par des poteaux métalliques solidement fichés dans le sol. À l'intérieur, des cloisons du même plastique partageaient l'espace disponible en pièces à raison d'une chambre pour les couples sans enfants et de deux pour les couples avec enfants. Lorsque les quatre jeunes eurent achevé de dresser les baraques, une équipe d'arroseurs arriva, pompant de la mousse de polymères sur la coquille, audedans et au-dehors. La substance acquit la consistance du pudding en quelques secondes et, avant la fin de la journée, à la faveur du bombardement ultraviolet d'Isis, elle serait dure comme du béton.

Les femmes se précipitèrent ensuite pour fixer les étagères, les patères et divers crochets avant que les murs durcissent. Une autre équipe découpa les ouvertures pour les portes et les fenêtres. Lorsque les uns et les autres eurent complété leurs besognes, les jeunes suivirent, apportant les affaires de chaque famille — couvertures, vêtements, livres et outils.

Lorsqu'ils s'arrêtèrent pour dîner, il y avait déjà un semblant d'ordre. Ils mangèrent dans l'herbe sèche et barbelée au bord du lac. Lorsque Râ effleurerait les pics des montagnes à l'ouest, un étranger pourrait croire que le village était là depuis des mois.

Ils s'accordèrent un véritable souper de fête. De la dinde surgelée, avec de la farce, des canneberges et des légumes. Et une tarte à la citrouille en prime, le tout sorti des contenants réfrigérés importés de la Terre pour célébrer le premier repas d'Action de grâces des colons.

L'an prochain, se dit Mark en balayant du regard la pièce illuminée, *l'an prochain, nous serons seuls. Plus de nourriture en provenance de la Terre. Le* Pégase II *sera parti. À quoi ressemblera l'Action de grâces l'an prochain?* L'idée l'effraya un peu. Ils quittèrent à regret la salle à manger, même si leurs yeux se fermaient d'eux-mêmes, répugnant à briser l'intense sentiment de fraternité qui les unissait. Bon dernier, Mark s'éloigna un peu du baraquement pour admirer le ciel nocturne.

Le firmament était rempli d'étoiles, comme dans le ciel austral sur Terre, mais elles dessinaient des constellations inconnues. Rien n'était familier. Il chercha la Terre, mais comment l'identifier dans un ciel aussi plein d'étoiles? Il savait que le Soleil était une étoile à peine visible au ras de l'horizon occidental, dans une constellation qui avait pour seule distinction d'apparaître juste à point pour annoncer l'arrivée de l'été.

À la lueur des étoiles, il pouvait tout juste discerner la forme trapue du *Pégase II*, silhouette noire se détachant sur l'étendue de prairie qui allait de la berge opposée du lac jusqu'aux montagnes à l'ouest. Il se retourna. À l'est, une toute petite lune s'élevait au-dessus de l'horizon, à peine plus grosse qu'une étoile. Elle se faufila rapidement entre les étoiles foisonnantes, plus proche d'un satellite artificiel que d'une lune digne de ce nom. *Shu, je suppose.* Là-haut, quelque part, tel un arbre perdu dans la forêt, brillait l'autre lune d'Isis, Nut. Elle était encore plus petite et suivait une orbite plus éloignée et par conséquent moins rapide, ce qui la rendait encore plus difficile à distinguer.

Un bref instant, Mark sentit un élancement, comme s'il avait soudain mal au cœur. Il regrettait les astres familiers de la Terre. Il aurait voulu un soleil et une lune qui ressemblaient au Soleil et à la Lune, ainsi que des étoiles dessinant des constellations identifiables. Mais il se souvint alors de la triste réalité de la ville où ses parents et Carrie et lui avaient vécu: le smog qui prenait à la gorge, les heures debout dans le transport en commun au coude à coude avec les autres passagers, les queues pour le cinéma, l'épicerie, pour une journée de vacances à la campagne ou au bord de la mer...

Au moins, sur Isis, il avait de la place pour s'étirer. Un homme était libre d'être lui-même.

Mark accorda un dernier regard au paysage. Il faisait un froid mordant. À sa droite, le plateau s'élevait abruptement, coupant le ciel en deux, cachant la moitié des étoiles. Au nord, non loin des chutes qu'il avait repérées, il y avait de la lumière à mi-hauteur de la falaise — de minuscules rectangles lumineux qui révélaient la présence incontestable d'une maison. Une des lumières clignota, une seule fois, comme si quelqu'un venait de passer entre la source lumineuse et la fenêtre.

Mark tressaillit en comprenant qu'il avait sous les yeux la demeure de la Gardienne du Phare. Quelle histoire étrange et fascinante... une jeune fille, toute seule, à des parsecs de la civilisation la plus proche, sans personne à qui parler, mis à part... comment l'appelait-elle? ah oui, Tuteur... Là-haut, si près du sommet du plateau, le froid de l'espace était tout proche et les étoiles avaient sans doute l'air si voisines qu'on eût pu les toucher.

Comment se sentait-on quand on avait vécu ainsi pendant des années, avec pour seule compagnie la nuit et le vent et les odeurs épicées des prairies du haut pays? Il essaya d'imaginer comment elle avait survécu à ces années, mais il eut beau l'éperonner, son esprit n'arriva pas à faire le saut. Ils avaient tous appris que le haut pays était périlleux, qu'il ne fallait pas s'y aventurer sans la protection d'une combinaison anti-UV et d'un masque à oxygène.

Un jour, si la colonie s'épanouissait, un futur encore vague et nébuleux verrait les colons planter des arbres et augmenter la proportion d'oxygène de l'atmosphère d'Isis. Ainsi, la couche d'ozone s'épaissirait, bloquant les ultraviolets, et les monts et plateaux d'Isis leur appartiendraient. Un jour, mais pas tout de suite. Pour l'instant, la vallée était bien assez grande. Ils y étaient à leur place, et non dans un nid d'aigle pauvre en oxygène, à mi-chemin de l'espace interstellaire.

Il tourna le dos à la nuit et rentra, se glissant sans bruit dans la chambre qu'il partageait avec sa sœur. Elle dormait déjà. Il se déshabilla en silence et se réfugia dans son sac de couchage. Tout était si incroyablement silencieux. On n'entendait ni le rugissement des voitures, ni le grondement déchirant des réactés, ni les voix discordantes de mille postes, ni les échos de querelles familiales, ni les cris d'enfants surexcités, ni les sirènes de la police...

Un infime froissement dans l'herbe raide à l'extérieur lui donna la chair de poule. Au loin résonna le glapissement esseulé de quelque habitant inconnu de la nuit. Mark s'enfonça encore un peu dans la chaleur de son sac de couchage et il découvrit qu'il songeait encore au plateau et à la jeune fille qui avait veillé sur le Phare pendant tant d'années avant leur venue.

Chapitre 4

Nolwenn trouva le premier contact extrêmement difficile. Elle avait l'habitude de ses rapports avec Tuteur. Lorsqu'il parlait, il s'adressait à elle et à elle seule, puisqu'elle était bel et bien la seule à qui il pouvait parler. Lorsqu'elle lui parlait, il répondait directement, exactement, sincèrement et sans détour. Face à face avec vingt personnes de son âge ou presque, sans parler de la horde innombrable de leurs aînés, elle chercha désespérément ses mots.

Avant même qu'ils se mettent à parler, leur curiosité lui fit l'impression de doigts avides se tendant pour la toucher et la pincer. Et lorsqu'ils se mirent à parler, ils le firent tous en même temps. Ils s'interrompaient les uns les autres; ils riaient sous cape et se donnaient du coude. Elle ne savait même pas si c'était à elle qu'ils s'adressaient ou s'ils parlaient entre eux.

Nolwenn sentit ses yeux s'humecter et les commissures de sa bouche se tourner vers le bas. Elle bénit le masque qui leur cachait son expression. Sans lui, elle aurait été complètement vulnérable. Avec lui, elle restait Nolwenn Le Pennec, Gardienne du Phare d'Isis. Elle respira avec difficulté et se rappela soudain le petit discours qu'elle avait composé.

— J'aimerais vous souhaiter la bienvenue sur Isis, prononça-t-elle de manière à se faire entendre en dépit des chuchotements et des ricanements. J'espère que vous serez très heureux ici. Une fois que vous vous serez installés et acclimatés, j'aimerais vous montrer ma maison et le chemin jusqu'au sommet du plateau, et la piste des montagnes du nord.

Elle s'aperçut que, plus elle parlait, plus sa timidité s'envolait. Après tout, c'était du monde comme elle. Ils n'allaient pas la manger.

— C'est si beau sur les hauteurs d'Isis, poursuivit-elle avec un enthousiasme croissant. Il y a des millions de choses à faire et je... Je veux vous dire que j'aurai beaucoup de plaisir à les partager avec vous.

Nolwenn avait planifié avec soin son discours de bienvenue, mais elle ne mesura pas avant de les avoir prononcés à quel point ses mots étaient sincères. Elle avait *vraiment* hâte d'avoir des amis, de leur montrer sa merveilleuse planète. Elle leur dédia un sourire caché par le masque et elle attendit leurs réactions, mais ils se contentèrent de se regarder mutuellement et de hausser les épaules. Une grande fille s'avança, la mine décidée:

— Merci beaucoup, c'est très gentil, mais nous sommes bien dans la vallée. Là-haut... Eh bien, on manque d'air et les ultraviolets peuvent tuer si on n'a pas de combinaison protectrice. Alors, pourquoi se faire du mal? Bref, non merci.

Les autres approuvèrent muettement de la tête et Nolwenn sentit son visage s'enflammer à l'abri du masque. Ils ne voulaient pas d'elle comme amie? Elle redressa la tête.

— J'espère que vous aurez bien du plaisir dans votre vallée, dit-elle froidement. Si vous avez besoin de moi, vous savez où me trouver.

Lorsqu'une voix la héla en prononçant son nom, elle leur avait tourné le dos et elle s'éloignait du village à grands pas. Ce n'était pas Tuteur ou le capitaine, ou un des adultes. C'était juste un des *autres*. Elle l'ignora et pressa le pas, remontant la vallée dans la direction des Cascades. Tuteur ramènerait le flotteur à la maison. Elle voulait être seule.

Qu'est-ce qui l'avait prise? Elle qui avait été furieuse quand Tuteur l'avait informée de l'invasion de sa planète par ces inconnus de la Terre! Petit à petit, presque sans s'en rendre compte, elle s'était mise à attendre leur arrivée. Elle avait rêvé de marcher dans la montagne, de bronzer sur le plateau, d'escalader les Cascades avec des compagnons plus stimulants que Hobbit.

Qu'elle avait été stupide! Il ne lui était jamais venu à l'esprit qu'ils pourraient rejeter la beauté grandiose des hauteurs d'Isis et, par le fait même, sa propre personne. Elle renifla pour retenir ses larmes et pressa le pas de nouveau, ignorant la voix derrière.

Elle était presque rendue au pied des Cascades lorsque le propriétaire de cette voix la rattrapa.

— Attends, dit-il en pantelant.

Quand elle refusa de s'arrêter, il la prit par la main. Elle sentit la chaleur de la sienne à travers la couche de plastique protecteur.

— Où t'en vas-tu comme ça? continua-t-il, le ton amical.

— Chez moi. On n'a pas besoin de moi par ici.

— Mais... le sommet du plateau... l'exploration... tu étais sérieuse, non?

— Tu voudrais venir là-haut? Mais les autres... ils ont dit... j'ai cru que...

Sa voix expira. Elle venait de lever les yeux et de voir à qui elle parlait, le distinguant de la vingtaine de jeunes Terriens. Il était aussi grand que Tuteur, peut-être même plus. C'était difficile d'en être sûr. Il était si mince et sa crinière de cheveux bruns, qui n'avaient pas été coupés durant les mois d'hypno-sommeil, le grandissait encore un peu. Sa peau était bizarre, très pâle, rose au milieu des joues et semée de petits points bruns, comme une Voie Lactée en miniature s'étalant sur son nez et ses pommettes. Elle ne ressemblait pas du tout à la peau dorée de Tuteur.

Ses yeux aussi étaient différents. Il avait des iris bleus, mais striés de brun. Quand elle le fixa, les pupilles du Terrien se contractaient, agacées par l'éclat implacable de Râ en ce début d'après-midi. Il mit sa main en visière et elle observa, fascinée, les pupilles qui se dilataient de nouveau.

— Qu'est-ce que tu as à me regarder? On dirait que tu n'as jamais vu de Terrien avant?

Il s'interrompit et se mit à rire. Nolwenn se mit à rire aussi.

— Tu oublies... que tu n'es plus sur Terre. Et que je n'ai jamais vu personne, à part Tuteur et Hobbit.

— Hobbit? Qui est-ce? Je croyais que tu étais toute seule.

— C'est mon meilleur ami, après Tuteur, bien sûr. Tuteur me l'a donné quand il n'était qu'un chiot.

— Un *chiot*? Ah, je vois, Hobbit est un chien.

— Pas exactement. Mais presque, sauf qu'il est plus gros, je crois.

— J'aimerais le voir. Est-il dans le coin?

— Il vit sur les hauteurs. Sur le plateau. Ou dans la rocaille au pied des Cascades. Il est un peu timide.

— Comme toi?

— Oui, admit-elle sans y prendre garde.

Le mot tomba comme une pierre dans le silence subit. L'onde de choc franchit la distance qui les séparait et Nolwenn la sentit toucher Mark en premier, puis les entourer tous les deux. Son cœur palpitait douloureusement et elle avait le souffle court. *Satané costume!* songea-t-elle rageusement. *Si Tuteur ne l'ajuste pas, je vais étouffer.*

La voix de Mark interrompit ses réflexions. C'était une jolie voix, moins incisive que celle de Tuteur, mais avec un brin de chaleur en plus, comme le soleil sur la roche, comme si un éclat de rire n'était jamais loin.

— ... je connais ton nom, mais tu ne connais pas le mien. Je m'appelle Mark London. Je suis ici avec ma petite sœur Carrie et mes parents. Mon père est agronome et ma mère microbiologiste.

Les mots se suivaient trop vite pour Nolwenn. Une petite sœur. Des parents.

— Ça fait quoi d'avoir une vraie famille? demanda-t-elle.

Il hésita. Elle devina qu'il était sur le point de dire quelque chose et qu'il en fut empêché par un mouvement intérieur. Il haussa les épaules.

— Pas si différent de ta vie avec Tuteur et Hobbit, sans doute. As-tu d'autres questions?

— Oui. Pourquoi as-tu toutes ces drôles de petites taches brunes sur le visage? Ont-elles poussé là?

Il se mit à rire aux éclats. Il avait de belles dents bien blanches, régulières et solides. Son rire la réchauffait et la réjouissait secrètement. Le masque dissimula son propre sourire.

— Ce sont des taches de rousseur, expliqua-t-il. J'espère que tu ne les trouves pas trop laides, car un soleil comme Isis va les faire sortir comme des champignons après la pluie. Tu n'en as pas sous ton masque? Ce serait un miracle si tu n'en avais pas après avoir passé toute ta vie au soleil, et sur les hauteurs en plus.

— Je ne sais pas si j'en ai. Est-ce que ça fait des bosses? Laisse-moi sentir.

Sans le laisser se dérober, elle promena le bout de ses doigts sur ses joues et son nez.

— Minute, ça chatouille! Qu'est-ce qui te prend? Tu pourrais regarder ton propre visage. On dirait que tu ne l'as jamais vu.

— Non, je suppose que je ne le connais pas très bien. Mais je me suis vue dans des flaques, quand l'eau est calme, tu sais. Ou dans des cuillers, mais je ne crois pas que c'était très ressemblant. Le visage à l'envers et tout gonflé!

— Il n'y a pas de miroirs dans ton nid d'aigle?

— Des miroirs? Non, c'est drôle, il n'y en a pas.

Elle fit la moue.

— Peut-être que ton Tuteur ne veut pas que tu sois trop vaniteuse, la taquina-t-il.

Quand Nolwenn comprit qu'il plaisantait, elle lui rendit son sourire. Il tendit la main à son tour et toucha sa joue.

— J'aimerais te voir sans ce masque. Tu ne peux pas l'enlever?

— Non, n'y touche pas, dit-elle en reculant. Tuteur dit que je dois le porter chaque fois que je descends vous visiter. Vois-tu, il croit que vous avez peut-être des microbes que je pourrais attraper...

Elle se tut, confuse. Mark allait la trouver drôlement effrontée. Elle avait pratiquement dit qu'elle les trouvait malpropres, mais ce n'était pas ça du tout! Et s'il se vexait et la plantait là...

Mais elle avait tort de s'inquiéter. Mark hocha la tête, compréhensif.

— Ne t'en fais pas. J'espère que tu ne seras pas obligée de te cacher de nous pour toujours, c'est tout. Même si je pense que je sais de quoi tu as l'air, rien qu'en t'écoutant parler. Tu as une très jolie voix. On ne te l'a jamais dit? Je suppose que non... Et ta taille et ta silhouette sont tout ce qu'il y a de plus...

Il s'interrompit et la teinte rosée de ses joues fonça soudain et gagna tout son visage jusqu'à son front. Elle observa le phénomène, fascinée, en se demandant si son propre épiderme était aussi changeant.

C'était bizarre, mais intéressant. Il rougit franchement en voyant qu'elle le fixait.

— Il faut que je m'en retourne, dit-il, mal à l'aise. Il reste beaucoup de travail à faire. Mais tu étais sérieuse, n'est-ce pas? Tu voudrais nous faire visiter les montagnes et le sommet du plateau.

— Je pensais que tu ne voulais pas venir.

— Je ne sais pas ce qu'en pensent les autres, mais, moi, oui. Dès que nous avons touché terre et que j'ai vu ces montagnes... Je sais que ce sera dur. Il faudra de l'oxygène et des combinaisons anti-UV. Mais quand même, j'ai l'impression que ça doit être superbe là-haut. Pourrais-tu m'y emmener quand tu auras le temps?

— Quand tu voudras! Et c'est franchement magnifique là-haut. Cette vallée n'a rien à voir avec Isis. Ce sont les montagnes qui font Isis. Je t'emmène quand tu veux.

— Demain? En début d'après-midi? Est-ce que ça t'ira?

— Je te retrouverai au pied des Cascades. Est-ce que ce sera trop tôt si j'y suis vers onze heures?

— Mettons douze heures. Ça *devrait* aller. Malgré mes séances sous hypnose, je ne suis pas encore habitué à l'idée d'une journée de vingt heures.

Elle se mit à rire.

— Comment ne pourrait-elle *pas* avoir vingt heures?

— Oh... Elle pourrait en avoir vingt-quatre, par exemple.

— Ça ne me paraît pas très naturel.

— Question d'habitude, je suppose. À demain.

— Oui. Bien sûr. À demain.

Elle se sentait tellement heureuse.

La jeune fille regarda Mark descendre, traverser les éboulis et traverser la rivière à l'endroit où le cours d'eau écumait en dissipant toute sa force sur les galets. Elle suivit jusqu'au bout sa forme de plus en plus petite et lointaine, qui foulait l'herbe rase aux portes du village, qui s'effaçait derrière une maison, qui ne reparut plus.

Elle se lança à l'assaut de la falaise. Elle était sûre qu'elle ne l'avait jamais escaladée aussi vite. Son regard n'avait jamais été aussi aiguisé, ses mains aussi fortes et assurées, ses pieds aussi agiles. Elle allait éclater de bonheur.

Le flotteur était garé au bout de la terrasse. Elle ne l'avait même pas vu la dépasser.

Elle entra en trombe dans la maison.

— Tuteur! cria-t-elle. Tuteur, où es-tu?

— Dans la cuisine.

Nolwenn gambada du salon jusque dans la cuisine. Elle jeta ses bras autour de lui et le serra très fort.

— Devine quoi, Tuteur! J'ai un ami.

— Je suis ravi de l'apprendre, chère Nolwenn.

— Je ne savais pas que je me sentirais aussi heureuse d'avoir un ami, aussi *vivante*, si tu sais ce que je veux dire.

— Tu as toujours été tout à fait vivante.

— Pas comme ceci.

— Non. C'est vrai. Pas comme ceci. Tu n'es plus la même.

Il cessa de couper les légumes, posant sur elle un regard insondable. Nolwenn avait commencé à enlever son costume protecteur.

— Ouf! Heureusement que je n'ai pas à le porter tout le temps.

— Tu avais trop chaud?

— Trop... quelque chose. Je ne sais pas.

— Quand tu seras sûre, je l'ajusterai. En attendant, le dîner sera prêt dans cinq minutes, si tu veux bien te changer et prendre une douche.

— Oui, d'accord. Tout de suite. Tuteur, comment se fait-il qu'il n'y a pas de miroirs dans la maison? C'est quand même bizarre. Je n'y avais jamais pensé avant l'autre jour. Et tout à l'heure, Mark m'a demandé si j'avais des taches de rousseur — c'est comme ça que ça s'appelle — des petites taches solaires brunes sur le visage — et je ne savais même pas si j'en avais. Je me suis sentie bête de ne pas le savoir. Pourquoi n'y a-t-il pas de miroirs?

— Tu ne m'en as pas demandé avant l'autre fois. Qu'est-ce qui a changé?

— Je... je n'en suis pas sûre, dit Nolwenn en déliant la masse de ses cheveux acajou confinés tout ce temps sous le casque.

Elle les secoua pour les répandre sur ses épaules, puis mit une mèche sous les yeux de Tuteur.

— Est-ce qu'ils sont beaux, Tuteur? Est-ce que leur couleur te plaît?

— Oui, Nolwenn.

— Et le reste, Tuteur, tout ce que je ne peux pas voir?

— Je te trouve très belle, Nolwenn.

— Je me demande si Mark sera du même avis. J'aimerais avoir un miroir. Tuteur, peux-tu m'en faire un grand, pour que je puisse me voir en entier?

Son interlocuteur s'était détourné pour remuer le contenu d'une casserole. Il répondit sans la regarder.

— Un miroir ne te montrera que ta personne telle que tu la vois. Il ne te montrera pas la personne qu'un autre voit.

— Ah... Alors, qu'est-ce qu'il me faut?

— Le point de vue de l'autre.

Nolwenn soupira impatiemment.

— Tout ce que Mark peut voir de moi, c'est ce masque ridicule. Et ça n'a rien à voir avec moi. Tuteur, faut-il vraiment que je continue à le porter? Demain, j'emmène Mark au sommet du plateau. Il n'y a certainement pas de microbes là-haut. Le vent doit les balayer et la lumière de Râ les tuer. À quoi bon porter ça?

Tuteur secoua la tête, mais elle poursuivit avec véhémence:

— N'oublie pas que Mark portera une combinaison anti-UV et un masque à oxygène. Comment pourrait-il me passer ses microbes?

— C'est logique, déclara Tuteur, d'une voix où Nolwenn détecta une légère fêlure. Et tes conclusions sont essentiellement correctes. Néanmoins, je vais te prier de porter quand même mon costume lorsque tu seras en compagnie des colons, où que tu sois et quel que soit leur habillement.

— Mais pourquoi? Pour quelle *raison?*

— Parce que je te le demande. Pour ton propre bien. C'est tout.

— AAARGH! cria Nolwenn, exaspérée, avant de se mettre à rire. Tu te rends compte que tu es complètement illogique, Tuteur? Mais... d'accord. Comme tu voudras. Seulement ce ne sera pas la même chose si je ne peux pas sentir le vent ou les rayons de Râ sur ma peau.

— Le matériau du costume est très mince. Tu seras parfaitement à l'aise.

— Tu es un amour, Tuteur, même quand tu m'exaspères. Je sais bien que tu te fais du souci pour moi. N'empêche que... enfin, bon, je suppose que je serai quand même moins à plaindre que Mark avec sa combinaison anti-UV et ses bombonnes d'oxygène.

*　*　*

Le lendemain, après dîner, Nolwenn descendit de sa maison jusqu'au pied des Cascades et s'assit sur un grand pan de roc couvert de lichen gris-bleu, qui virait au bleu vif là où les gouttelettes de la chute d'eau l'avaient détrempé. Il était presque douze heures. Une journée n'avait jamais été aussi longue.

Son regard remonta la vallée jusqu'au village à l'est du lac. Des dizaines de minuscules formes humaines s'affairaient comme des fourmis, mais elle n'arrivait pas à identifier Mark. Qu'est-ce qu'il faisait de si important qu'il n'avait pas pu être à l'heure? Qu'est-ce qu'il faisait tout court, d'ailleurs? Elle ne savait rien de ses occupations, rien de sa vie. Rien, si ce n'était qu'il était... Mark.

Elle se rallongea sur la surface de pierre et fixa le flanc du plateau qui semblait la fuir pour s'enfoncer dans l'eau pure du ciel. Bientôt, elle serait là-haut, sur les sommets d'Isis, là où le souffle des vents était pur et froid. Rien ne bougeait dans la rocaille.

Où est donc Hobbit? se demanda-t-elle, en se souvenant avec consternation qu'elle n'avait pas songé à lui depuis l'atterrissage du *Pégase II*. Devrait-elle l'appeler et lui présenter Mark? Mais Hobbit était si amical qu'il serait presque impossible de se débarrasser de lui une fois qu'elle l'aurait tiré de sa sieste quotidienne. Pour l'instant, elle refusait de partager Mark. Elle voulait l'avoir à elle seule, rien qu'à elle.

Un caillou fendit l'air et tomba dans l'eau avec un plouf. Nolwenn se redressa brusquement. Il était là, encore plus grand que la veille. Son cœur tressaillit, lui coupant le souffle.

— Excuse-moi, dit-il. Je suis un peu en retard. Il fallait que je finisse quelque chose.

— Tu n'es pas en retard. Je viens tout juste d'arriver, mentit-elle gaiement.

Il avait un visage osseux tout à fait fascinant, songea-t-elle, avec un nez qui saillait avec détermination et un sourire qui la réchauffait de part en part. Elle était restée assise sur sa pierre, l'admirant par en dessous.

— Je ne sais même pas ce que tu fais là-bas, dit-elle enfin, les mots lui venant lentement. Je ne sais rien de toi, rien du tout.

Il s'agenouilla à ses côtés.

— Nous avons tout notre temps, déclarat-il pour la mettre à l'aise.

Une douce chaleur emplit Nolwenn. Ça voulait dire qu'ils étaient des amis pour de bon, n'est-ce pas? Des amis pour toujours.

Quand Nolwenn ne répondit pas, Mark regarda autour de lui, admirant la triple chute, les pierres mouillées qui brillaient comme des gemmes précieuses et la hauteur vertigineuse du plateau qui les surplombait.

— Incroyable! C'est vraiment très abrupt. De loin, on ne s'en rend pas compte. Je me demande si je vais pouvoir y arriver. Je n'ai jamais fait d'alpinisme.

— Sans l'ombre d'un doute. Il n'y a rien là! Tuteur a même taillé des marches au laser dans les passages les plus difficiles. Ne t'en fais pas. Je te montrerai. Si tu mets les pieds et les mains exactement au même endroit que moi, ce sera du gâteau. Où est ton équipement?

— Ici.

Il lui montra la petite bombonne accrochée à ses épaules et il se couvrit le visage d'un masque doté d'une visière teintée, qui devait lui permettre d'endurer l'intense lumière de Râ, devina Nolwenn.

— Prêt? Dans ce cas, suis-moi et n'oublie pas de regarder où je mets les pieds et les mains.

Nolwenn s'élança vers la pente rocailleuse au pied du plateau et se mit à grimper le sentier qui menait des Cascades jusqu'à la maison. Elle ne se pressa pas et elle n'était même pas essoufflée lorsqu'elle atteignit la terrasse. Elle se retourna et vit Mark loin derrière, gravissant péniblement les derniers mètres du sentier. Elle lui tendit la main et le hissa littéralement sur la terrasse.

Il pompa désespérément son air en bouteille et se laissa tomber sur la chaise la plus proche. Au bout de trois ou quatre minutes, il parvint à dire entre deux respirations râlantes:

— Désolé. Je n'ai plus la forme.

Nolwenn, qui était sur le point de faire la fière, se rappela que Mark venait de passer des mois en hypno-sommeil et que ses trois derniers jours de travail constituaient sa seule préparation pour l'ascension.

— Excuse-moi, j'ai oublié, dit-elle, chagrinée. On peut rester ici si tu préfères et se garder le sommet pour une autre fois.

Mark retira son masque et le garda dans sa main afin de parler tout en prenant une bouffée d'air à intervalles réguliers. Il avait les lèvres bleuies et Nolwenn se demanda si elle devait consulter Tuteur.

— Peut-être que je devrais m'acclimater à cette altitude en premier. C'est pas mal haut pour moi. Mais quelle vue! Là d'où je viens, sur Terre, il y a des gens qui paieraient une fortune pour rester dans un hôtel avec une telle vue.

— C'est merveilleux, n'est-ce pas? Tuteur a choisi l'endroit et creusé les pièces dans la roche vive. Il a décoré toutes les salles et fabriqué le mobilier aussi.

— À t'entendre, il est pas mal parfait — ton Tuteur.

— Il l'est. Il est fantastique. Il a refait ma chambre à coucher et il dessine tous mes vêtements. Attends que je te montre la robe qu'il m'a donnée pour ma fête! Il...

— Minute, dit Mark en se penchant et en lui touchant la main. Je suis sûr qu'il a toutes les qualités que tu dis. Mais j'aimerais plutôt parler de toi.

— Moi? dit-elle, incertaine, en le fixant. Il n'y a rien à dire. Je suis très ordinaire.

— Ordinaire? Tu es folle! Toute seule sur une planète pendant des années! À quoi songes-tu? Quel genre de musique aimes-tu? As-tu des jeux pour t'occuper? Est-ce que tu chantes? Est-ce que tu aimes la poésie? L'histoire? Que lis-tu?

— Ah, je vois...

Nolwenn remit de l'ordre dans ses pensées. Elle parlait souvent de livres et de musique avec Tuteur. Si elle lui disait spontanément qu'elle adorait les Concertos pour cor de Mozart, Tuteur les analysait mouvement par mouvement afin de lui démontrer leur perfection. C'était instructif de savoir *pourquoi* elle aimait un morceau spécifique, mais elle sentait bien que Mark ne s'intéressait pas à ses goûts de la même façon que Tuteur. Elle respira.

— J'aime Bach et Beethoven, surtout les symphonies... sans oublier la Fantaisie chorale! En parlant de choral, tu ne trouves pas que Haendel est super? Nous avons des enregistrements de tous ses oratorios. Et j'adore l'Ouverture 1812. Tu sais, on dirait exactement une tempête d'équinoxe sur Isis. On se demande comment Tchaïkovski a fait pour le savoir? Et puis, il y a aussi...

— Ouf! fit Mark en riant. Ce n'est pas une réponse, c'est une liste. Ne te presse pas. Nous avons tout notre temps.

Pas d'erreur. Il l'avait dit de nouveau. Ils avaient tout leur temps. Le temps de parler. Le temps de se lier. Alors, qu'est-ce qui inspirait à Nolwenn la certitude que chaque seconde passée avec lui était infiniment précieuse et qu'elle devait en profiter à plein de peur que ce fût la dernière?

— Excuse-moi, dit-elle humblement, je n'ai jamais eu de conversation de ce genre. Dis-moi comment faire. Avec Tuteur, c'est différent et le reste du temps, il n'y a que moi, ou moi et Hobbit, ce qui revient au même, je suppose.

— Hobbit ne parle pas?

Nolwenn se mit à rire.

— Imbécile! Ce n'est qu'un animal, même si c'est mon ami. J'ai souvent souhaité qu'il *puisse* parler, pour avoir de vraies conversations.

— Eh bien, je suis là désormais et tu n'auras plus besoin d'un Hobbit capable de parler. Mais donne-moi un moment pour penser à ce que tu dis si tu veux que je réponde. Tu comprends? Donc, tu disais que Bach...

Râ s'enfonça lentement dans le ciel à l'ouest et disparut derrière le sommet du plateau. Les ombres du crépuscule plombèrent l'argent des Cascades. Tuteur sortit sur la terrasse pour rappeler à Nolwenn qu'il servirait le souper dans moins d'une demi-heure.

— Incroyable! s'exclama-t-elle. L'après-midi s'est vraiment envolé!

— Et je n'ai pas encore vu Isis du sommet de ton plateau.

— Nous avons tout notre temps, cita-t-elle, en riant de plaisir.

— Tu as un beau rire. Mais j'aimerais voir ton vrai sourire, sous ce masque.

— Est-ce que je peux l'enlever, Tuteur? S'il te plaît? Et ne vas-tu pas inviter Mark à rester pour souper?

— Pas cette fois, Nolwenn, répondit Tuteur, le ton ferme. Et tu dois continuer à porter ton costume et ton masque quand tu te tiens avec les colons.

— Nous n'avons pas de microbes, vous savez, dit Mark. Avant de quitter la Terre, nous avons été déclarés libres de toute maladie.

— Tous les humains ont des microbes dans leur tube digestif. Ils vous rendent service. Mais ils pourraient rendre Nolwenn malade.

— Elle aussi est humaine!

— Elle a longtemps été isolée du reste de l'humanité.

Mark hocha la tête et soupira.

— Il a raison, Nolwenn. On ne saurait être trop prudent. De toute façon, il faut que je m'en aille. Nous soupons à quinze heures, nous aussi, et je vais être en retard. Je ne voudrais pas qu'ils partent à ma recherche. M'emmèneras-tu au sommet du plateau la prochaine fois? Je te promets d'être un peu plus à la hauteur.

— Bien sûr. Quand? Demain?

— Après-demain, peut-être.

— Même heure?

— J'essaierai d'arriver plus tôt. En fait, non, viens me voir au village juste après dîner. J'aimerais te présenter à quelqu'un. J'ai une idée.

Mark se leva et rajusta son masque à oxygène.

— Veux-tu que je te raccompagne? lui proposa Nolwenn. Es-tu sûr que tu t'en tireras?

Tuteur peut te ramener en flotteur si tu veux. Cela ne le dérange absolument pas, tu sais.

Ces suggestions parurent le contrarier. Nolwenn ne comprit pas pourquoi et elle resta plantée au bord du parapet, perplexe, tandis que Mark redescendait le sentier à toute allure, payant son empressement de quelques chutes douloureuses.

— Il faudrait peut-être améliorer l'illumination, Tuteur. Certaines des prises sont difficiles à voir à cette heure du jour.

— Tu n'as jamais eu de mal à les distinguer.

— Je crois que ma vue est meilleure que la sienne... je veux dire que celle des colons.

— C'est sûrement vrai. Tu es parfaite en tous points.

— Franchement, Tuteur! Ne répète pas ça devant Mark ou les autres, j'aurais honte. Je me demande si Mark croit que je suis parfaite. Qu'en penses-tu?

— C'est tout à fait possible.

Il pivota abruptement et rentra dans la cuisine, laissant Nolwenn accoudée au parapet, fixant rêveusement les derniers reflets de Râ sur les pics à l'est.

Quand Tuteur reparut pour lui annoncer que le souper était prêt, elle n'avait pas bougé. Seulement, c'était le bout de la vallée qu'elle regardait désormais, et les lumières du nouveau village qui luisaient comme des feux de lucioles. La nuit était exceptionnellement tranquille et les lumières se miraient dans l'eau du lac, comme si les premières étoiles y étaient tombées et s'étaient noyées.

***

Deux jours plus tard, après avoir dîné de bonne heure, Nolwenn descendit de chez elle et suivit le sentier qui longeait la berge rocheuse. C'était une journée idéale pour monter jusqu'au sommet du plateau, pas trop chaude, dégagée et presque sans vent. Ses pas pressés ralentirent en se rapprochant du petit groupe de maisons. Où allait-elle trouver Mark? Comment le demander?

Elle avait eu tort de s'inquiéter. Il l'attendait, sans doute aux aguets depuis un moment.

— Comment vas-tu? demanda-t-il, en lui prenant les mains.

— Très bien, dit-elle en lui souriant, avant de se rappeler ce qu'il avait dit au sujet de l'art de la conversation.

— Et toi? ajouta-t-elle.

— Nous n'avons pas chômé, je t'assure. Du coup, j'ai pas mal retrouvé la forme. Si je n'atteins pas le sommet du plateau, je n'en mourrai pas loin.

— Non! s'exclama-t-elle anxieusement en lui prenant le bras.

— Nolwenn, je plaisantais.

— Ah, je vois... Je suppose que je n'aime pas les blagues à propos de la mort. On y va?

— Un instant. Le plateau ne va pas s'en aller... je plaisante, hein? Mais tu ne te souviens pas que je voulais te présenter à quelqu'un? Ne t'en fais pas, il est très gentil. C'est notre médecin, Phil Macdonald.

— Pourquoi veux-tu que je le voie? Je n'ai besoin de rencontrer personne maintenant que je te connais, n'est-ce pas?

— Mais bien sûr. Il faudra bien que tu rencontres tout le monde, tôt ou tard. Après tout, nous allons partager Isis avec toi jusqu'à la fin de nos jours. Mais j'ai une raison particulière pour te le faire rencontrer maintenant. Vois-tu, je lui ai parlé de ton cas et il n'est pas d'accord avec Tuteur. Il ne croit pas que tu aies vraiment besoin d'un costume protecteur ou d'un masque. Il pense que Tuteur se montre beaucoup trop alarmiste. Alors, accepterais-tu de venir lui parler?

— Oui, bien sûr. Mais je ne changerai pas d'idée, Mark. J'ai promis à Tuteur.

— Je sais. Mais j'ai pensé que si Phil parlait à ton Tuteur, c'est peut-être lui qui changerait d'idée, surtout si la science moderne fournit des preuves de ce qu'il avance.

— Ce serait fantastique... si c'est possible, dit-elle, dubitative.

— Il est à l'infirmerie. Je te présenterai et puis j'irai chercher mon équipement.

Phil Macdonald était à peine plus vieux que Mark et pas du tout intimidant, décida Nolwenn.

— Ce que j'aimerais faire, expliqua-t-il une fois les présentations complétées, c'est obtenir un échantillon de ton sang, Nolwenn, avec ta permission. Quelques jours de tests devraient suffire à prouver au-delà de tout doute que tu ne cours aucun risque en compagnie des colons.

— Ce serait formidable, dit Nolwenn, radieuse, en lui tendant aussitôt son bras gauche.

— À travers la manche de ton costume? Ce n'est pas si facile. Mais je suppose que tu ne peux pas tricher en l'enlevant même pour quelques instants.

— J'ai promis de le garder.

— D'accord. Mais je vais prendre une aiguille un peu plus grosse.

— Mon costume est très mince. Tuteur a parlé d'un plastique perméable à sens unique.

— Si tu le dis, ma grande. Maintenant, on ne bouge plus... Merde! Mince, tu disais?

L'aiguille a plié! Bon, essayons de nouveau. Si
ça fait mal, crie un bon coup. Ça va? Tu es
sûre? Je l'ai.

Il rangea l'échantillon dans un réfrigéra-
teur et ajouta:

— Je dois dire que ton Tuteur n'a pas la
même idée que moi d'une membrane mince. On
dirait du cuir de rhinocéros! Est-ce que ton
bras te fait mal?

— Pas du tout, dit Nolwenn en riant. Merci
de vous donner cette peine. Appelez-moi aussitôt que vous aurez des nouvelles. J'aimerais
faire un pique-nique avec Mark.

— Heureux homme! Pour la cause des jeunes amours, dans ce cas. Aussitôt que possible,
et même avant.

Nolwenn rougit à l'abri de son masque et
se dandina timidement sans savoir comment
répondre.

— Vas-y! lui dit le médecin. Ouste! Il va
t'attendre et il faut que je mette cette infirmerie sur les rails. Sans parler des jeunes impru-
dents dont je dois retirer les épines de cactus!

Chapitre 5

Mark n'avait jamais de toute sa vie autant exigé de son corps qu'en faisant l'ascension du fond de la vallée près des Cascades jusqu'au sommet du plateau. Cette fois, ils ne s'arrêtèrent qu'un instant sur la terrasse de la maison de Nolwenn, à mi-chemin.

— Le temps que tu trouves ton second souffle, avait dit Nolwenn.

Il avait voulu lui dire qu'il était encore à la recherche de son premier, mais il était trop essoufflé pour parler. Quand elle se remit en marche, il n'eut d'autre choix que de la suivre.

Le sentier, qui partait du sud de la terrasse — ah, que le hamac avait l'air accueillant à l'ombre de la falaise! — et que Nolwenn qualifiait d'escalier, montait à pic, disparaissait et apparaissait de nouveau dans le lointain, inconcevablement éloigné et minuscule.

Il ravala un soudain surcroît de salive, conscient de sa peur brute, et il s'efforça de ré-

gulariser sa respiration. Il savait qu'un surcroît d'oxygène pouvait s'avérer aussi dangereux qu'un manque d'oxygène, même si sa
poitrine pantelante refusait de se laisser con-
vaincre. Les deux pouvaient étourdir et un
bref étourdissement... Il regarda vers le bas et,
aussitôt, déglutissant, il regarda de nouveau
Nolwenn qui le précédait.

Elle était incroyablement agile et le terri-
fiant précipice l'effrayait aussi peu que si elle
avait été un chamois — non, c'était de l'in-
conscience! Ses doigts et ses orteils déni-
chaient des fentes et des fissures dans la paroi
rocheuse qu'elle devait lui indiquer pour qu'il
les aperçût.

Et, tout ce temps, elle n'arrêta pas de parler!

Cette fois, il ne songea pas à lui rappeler de
laisser la parole à l'autre. Il était trop content
de ne pas avoir à fournir de réponses. Il avait
besoin de chaque centimètre cube d'air rien
que pour continuer l'ascension.

— Cette section était presque impassable,
autrefois, dit-elle, en escaladant avec insouciance un pan de roc complètement lisse.
Quand j'étais toute petite, Tuteur m'amenait
jusqu'ici sur son dos. Lorsque mes jambes ont
été assez longues pour finir l'ascension, il a
taillé au laser des encoches pour m'aider.
Maintenant, c'est pratiquement un escalier.

Tu parles! s'empêcha de dire Mark, en se disloquant pratiquement le bras pour atteindre la prise suivante. Sa combinaison anti-UV était un bain de sueur et sa transpiration embrumait désormais l'intérieur de sa visière. Il dût s'arrêter, aplati peu élégamment contre la paroi, le temps que la visière se dégageât suffisamment pour le laisser distinguer les marches suivantes.

En arrivant sur Isis, Mark n'avait pas vraiment remarqué la différence de poids. Isis était à peine plus dense que la Terre. Maintenant qu'il partait à l'ascension du ciel ou tout comme, les cinq kilos de plus lui faisaient désormais l'effet de masses de plomb suspendues à ses bras et jambes. Mais il continua à grimper, refusant de capituler, bien décidé à découvrir l'aspect véritable d'Isis dont Nolwenn parlait.

Il fixa les stries rougeâtres ou violacées de la pierre, à quelques centimètres de son visage, avec une tel acharnement que ses yeux larmoyèrent. Il n'en détachait le regard que pour chercher la prochaine prise. Et ainsi de suite. Puis, sans prévenir, Nolwenn disparut. Un instant plus tard, il sentit un courant d'air rafraîchissant sur l'étroit ruban de peau entre le bord de son capuchon et le haut de sa visière. Une clarté soudaine se fit sentir au-dessus de lui. Il obligea ses jambes à propulser le reste de son corps afin de franchir les deux derniers mètres.

Et il roula par terre comme une masse. Les yeux fermés pour se défendre de la lumière aveuglante, il resta couché sur le dos, luttant pour faire entrer et sortir l'air de ses poumons.

— Est-ce que ça va?

Nolwenn se penchait sur lui comme une mère poule anxieuse.

Il essaya de sourire avec décontraction, se rendit compte qu'elle était incapable de voir sa bouche cachée par le masque et il laissa tomber.

— Quelques minutes... Donne-moi... quelques minutes, c'est tout.

Le cœur battant, il parvint à forcer ces quelques mots à l'extérieur de ses poumons pantelants.

Elle hocha la tête et s'éloigna nonchalamment. Au bout d'un moment, Mark sentit qu'il n'allait pas mourir de suite et il se redressa pour regarder autour de lui. Il faisait face au nord, de sorte que ce qu'il vit d'abord des hauteurs d'Isis, ce fut les grandes montagnes qui déferlaient vers le nord, l'est et l'ouest, comme d'immenses vagues rouges et violettes. Mark eut même l'impression de distinguer — ou d'imaginer? — la courbure de la planète.

Il n'y avait pas le plus petit nuage dans le ciel d'un bleu-vert intense. L'ombre de Mark se découpa avec netteté sur le plateau, silhouette bleue étirée loin devant lui. Une légère brise parcourait le plateau, mais elle était trop faible pour remuer les formes antiques et bizarres des cactus, gris et brun et argenté, et elle remuait à peine les touffes clairsemées d'herbe raide.

Il repéra un point noir dans le ciel vide, très loin de là. Le point grossit, piqua et se transforma en un oiseau de la taille d'un aigle, qui plongea sans prévenir et remonta en flèche, une forme d'un brun grisâtre suspendue à ses serres. Mark entendit son cri triomphal — un son minuscule, plus aigu que le vent, mais à peine plus fort. Il cessa de respirer, à l'écoute du silence...

Quand il put enfin se tenir debout et se retourner, il éprouva un choc en découvrant la grande antenne parabolique du Phare et, à une distance vertigineuse en contrebas, la forme trapue du *Pégase II*, intrusion étrangère au centre d'un rond de chaume noirci. Les allées et venues des véhicules et des colons avaient aplati l'herbe-plumet. De l'autre côté du pont qui enjambait la Perdue, Mark distingua clairement les traînées de boue rouge étalées par les autochenilles. Comme si Isis elle-même saignait par les blessures de son sol.

Nolwenn était assise, adossée à un des montants de l'antenne, ses bras étreignant ses genoux, le regard dans le vague. Que pensait-elle de leur arrivée? De leur invasion?

— Tu as dû nous détester quand nous sommes arrivés comme un cheveu sur la soupe, dit-il.

Elle leva la tête vivement. La joliesse des traits du masque n'exprimait rien, mais sa voix était chaude et un peu étonnée.

— Au début, oui, mais je me suis sentie coupable après. C'est tout de même le rôle des Gardiens de Phare de rendre les planètes sûres afin que d'autres personnes puissent s'y établir. Mais, en premier, je n'ai pas vu les choses ainsi. Je vous détestais, tous et chacun. Je ne m'attendais pas à ce que tu comprennes.

Il s'installa à côté d'elle.

— Ça fait quoi d'avoir toute une planète à soi?

— C'était tellement merveilleux que les mots me manquent. C'était comme si chaque journée était un nouveau cadeau. C'est comment de vivre sur une planète bondée? Je suppose que tu rencontrais, quoi, une centaine de personnes par jour? J'ai le vertige rien qu'en essayant de l'imaginer.

— Une centaine par jour? répéta Mark en ricanant amèrement. Au Moyen Âge peut-être, ou dans les villages en pleine brousse. Écoute, je vais te dire comment c'est vraiment, si tu veux le savoir.

— Je t'écoute.

— Nous habitions dans un grand ensemble composé de quatre immeubles. Chaque immeuble avait trente-cinq étages. Chaque étage comptait cinquante appartements, occupés par quatre personnes en moyenne... deux parents et deux enfants, la plupart du temps. Une famille n'a pas le droit d'avoir plus que deux enfants, même avec l'autorisation des planificateurs. Ainsi, il y avait vingt-huit mille personnes rien que dans notre grand ensemble et nous vivions dans une zone concentrique de banlieues qui encerclaient la ville, et qui comprenaient je ne sais combien de grands ensembles. Des centaines sans doute. Il était impossible d'être seul, pas un instant.

Ses poings se crispèrent. Elle posa une main apaisante sur son bras et il se libéra du souvenir en exhalant un soupir.

— C'est pourquoi nous prenons le risque de la colonisation, bien sûr. Un nouveau monde. L'occasion de recommencer à neuf, au lieu d'être obligé de réparer sans cesse les erreurs du passé. Le vaisseau peut être frappé par des météorites ou s'égarer dans l'hyperespace. S'écraser ou se consumer dans l'atmosphère. Et la planète pourrait s'avérer un enfer malgré tout le soin pris par les ordinateurs pour la choisir. Mais le risque vaut la peine d'être couru. Pour s'échapper, nous aurions affronté cent fois pire.

Nolwenn ne répondit pas tout de suite. Quand elle le fit, sa voix tremblait, comme si elle était mêlée de sanglots.

— Je me sens si égoïste d'avoir profité de toute cette paix et de toute cette beauté pendant dix ans.

— Dix ans? Je croyais que tu étais née ici.

— Oui... Ah, mais cela fait seize années terrestres.

— J'avais oublié. Tu ne t'es jamais sentie seule?

Mark frissonna. Son regard se perdait dans le vaste paysage derrière elle, de la vallée jusqu'aux lointaines montagnes méridionales et de là jusqu'à l'immensité déserte du ciel. Il tentait d'imaginer l'enfance de Nolwenn dans cette solitude. Comment avait-elle vécu cela?

L'adolescente secoua la tête.

— Seule? J'ai toujours eu Tuteur. Pourquoi me serais-je sentie seule?

Il ne trouva rien à dire. Au bout d'une minute, elle poursuivit:

— Et toi? Est-ce qu'Isis te semble si vide et effrayante?

— En partie. Mais nous sommes ensemble. Quatre-vingts personnes, ce n'est pas beaucoup pour commencer quelque chose d'aussi grandiose qu'un nouveau monde. C'est le plus petit groupe dont j'ai jamais fait partie. Mais nous nous sentons proches les uns des autres grâce à l'entraînement hypnotique. C'est censé nous empêcher de souffrir de la solitude.

— On dirait que tu n'en es pas certain.

— La Terre me manque. C'est fou, hein? Malgré les pénuries, la surpopulation et l'affreux ennui des journées connues à l'avance, la Terre me manque.

— Je ne vois pas ce qui pourrait te manquer.

— Ah, c'est notre soleil qui me manque, et la lune — les choses que je ne remarquais jamais parce qu'elles étaient toujours là. Et la mer va me manquer. Notre ville n'était pas trop loin de la mer. De temps en temps, nous avions droit à un jour de congé pour y aller. Les plages étaient toujours bondées, mais... il y avait quand même la mer, si grande et si vide — et le son des vagues! Le chant de la mer va me manquer.

— Un jour, peut-être, vous établirez une colonie à l'autre bout d'Isis, près de l'océan. Je n'y suis jamais allée, mais j'ai vu des vidéos, bien sûr. Et, Mark, tu ne crois pas que les montagnes sont un peu comme l'océan? Regarde comme elles moutonnent au loin. Et quand il y a un orage, on entend les montagnes rugir lorsque le vent souffle. C'est super excitant!

— J'ai entendu parler des tempêtes d'Isis, dit Mark en frissonnant. Il ne me serait pas venu à l'idée de les considérer «excitantes». Mais c'est dur de les prendre au sérieux, un jour comme aujourd'hui. Tout est si calme et si beau autour de nous. Dommage que ce ne soit pas habitable.

— Que veux-tu dire? Regarde-moi. Et Tuteur. Nous y sommes à l'aise. Bien sûr, nous sommes ici à cause du Phare, parce qu'il faut que le Phare soit le plus élevé possible, pour minimiser les interférences. Mais il ne manque rien à notre confort et, tu sais, je n'aime pas vraiment descendre dans la vallée. L'air en bas est si épais et si lourd qu'on a l'impression de respirer de la soupe!

Il la toisa et dit alors, les mots venant lentement:

— Eh bien, je suppose qu'au fil des ans, tu as pu t'acclimater en partie. Mais je ne vois quand même pas comment on pourrait passer l'essentiel de sa vie dans une combinaison anti-UV, à respirer de l'oxygène en bouteille plutôt que de l'air. Le panorama est enchanteur — je n'ai jamais rien vu de tel, mais... eh bien, je ne voudrais certainement pas vivre aussi haut. J'ai besoin de sentir le vent sur mon visage, de respirer à mon aise.

— Mais c'est ce que je fais. Tu crois que ce costume est à l'épreuve des ultraviolets? Tu crois que je caches une bombonne d'oxygène en-dessous?

Elle se leva et dressa les bras au ciel.

— Non, Mark, je m'en passe. Isis m'appartient et ne me ferait jamais de mal. Tuteur me l'a dit quand j'étais petite et Isis ne l'a jamais contredit. Alors, une fois que vous aurez été ici un bout de temps, vous pourrez peut-être vous débarrasser de tout ça — des bombonnes et des combinaisons.

En la regardant ainsi, les bras dressés vers le soleil dans un élan de pure allégresse, Mark fut bien obligé d'admettre qu'elle était sérieuse et qu'elle ne plaisantait pas. Il se souvint vaguement d'avoir appris que les indigènes des Andes s'étaient acclimatés à l'altitude après avoir vécu sur les hauteurs pendant des siècles. Les conquérants espagnols avaient été capables de survivre, mais l'atmosphère trop ténue empêchait leurs femmes de porter des enfants à terme. À la longue, les natifs des hauts plateaux l'avaient emporté.

— Il faut des générations pour s'adapter à un tel point, rétorqua-t-il.

Baissant les bras, Nolwenn le regarda de haut.

— Et moi? Je suis là.

Elle haussa les épaules et se détourna, vexée par son incrédulité.

Il n'insista pas, mais, tout le long de sa descente du vertigineux «escalier» de pierre et du sentier caillouteux au bord de la rivière, il songea à ce qu'elle avait dit. De retour au village, il ne dormit pas de la nuit, songeant à Nolwenn, à ses bras tendus vers un cruel soleil blanc.

L'après-midi suivant, il s'arrangea pour se faire envoyer auprès du Docteur Phil, afin de l'aider à installer des cloisons et des étagères dans son nouveau cabinet.

— Combien de temps nous faudra-t-il pour s'habituer à vivre sur les hauteurs d'Isis? demanda-t-il lorsqu'ils firent la pause.

— Le haut pays? Tu ne mets pas un peu la charrue avant les bœufs, Mark? Et si on s'habituait à vivre d'abord sur le plancher des vaches?

— Non, c'est sérieux, il faut que je sache.

— Eh bien, si on parle sérieusement, il faudrait un siècle ou deux de sélection génétique dirigée avec soin. Si nous étions beaucoup plus nombreux, la survie des plus aptes favoriserait l'adaptation à la haute altitude... mais à condition de se dépouiller des combinaisons anti-

UV et des appareils respiratoires. Même alors, il faudrait des dizaines de siècles pour que la sélection naturelle opère.

— Nolwenn m'a dit qu'elle peut vivre là-haut sans aucune protection.

— Elle te faisait marcher, Mark. Bon, elle est née ici. Il y a des gens qui naissent dans des habitats sous-marins, mais cela ne fait pas d'eux des poissons! Ses parents ont dû la protéger du soleil et du manque d'oxygène dès qu'elle a commencé à marcher à quatre pattes.

— C'est drôle, elle ne mentionne jamais ses parents. Vous savez, elle ne m'en a pas parlé, pas une seule fois. C'est toujours Tuteur ci, Tuteur ça.

— Jaloux?

— Voyons, ne soyez pas ridicule! Comme si je pouvais être jaloux d'un... mais je vous en prie, Phil, elle vit quand même à mi-chemin de la cime du plateau. L'air était si rare que j'avais le regard brouillé quand je respirais sans prendre un peu d'oxygène en bouteille.

— Je ne sais pas pourquoi ou comment elle vit là-haut. Tout ce que je peux te dire, et j'en suis absolument certain, c'est qu'il est physiologiquement impossible pour un être humain de vivre en permanence à une telle altitude. Je ne traite pas la Gardienne de menteuse. Il se peut qu'elle ne comprenne pas les choses comme nous. Mais je vais te dire une chose. Son beau costume est à l'épreuve des ultraviolets et il est alimenté en oxygène, ou, ou... ou je ravale mon serment d'Hippocrate! Maintenant, va me porter ces croquis à Peter McCann, s'il te plaît, et demande-lui s'il peut me faire d'autres étagères avec ces plantes qui ressemblent à du bambou.

Mark compléta sa commission et s'en retournait à l'infirmerie lorsqu'il aperçut Tuteur, qui entrait dans le village après avoir longé la rivière. Celui-ci n'était pas revenu depuis le jour où Nolwenn avait souhaité la bienvenue aux colons. Mark le fixa d'un regard intrigué alors qu'il marchait vers les maisons. Nolwenn était-elle venue avec lui? Il regarda vers l'amont, sa main en visière pour examiner la falaise du plateau qui abritait sa maison.

Difficile de voir quoi que ce fût. Il arrivait à distinguer la balustrade de la terrasse, qui prenait l'apparence d'une simple fissure du roc à cette distance. Pas une trace de Nolwenn, pas un mouvement. Il éprouva soudain un sursaut de désappointement qui le laissa figé sur place. Qu'est-ce qui le prenait? C'était ridicule. Voilà qu'il découvrait un nouveau monde fascinant, dont la colonisation serait l'œuvre d'une vie et qui offrait les ressources d'une planète entière pour mener cette œuvre à bien... et il ne trouvait rien de mieux à faire que rêvasser d'une adolescente. Il ne lui manquait plus que de tomber amoureux!

Amoureux? Mais c'était fou, archi-fou, absolument dément. *Je ne l'ai même pas vue pour de vrai*, se morigéna-t-il. *On a parlé... échangé quelques réflexions... senti... senti quoi? Oh... Foutu idiot que je suis!*

Il revint à lui, figé en pleine rue et subissant l'examen curieux du regard de Gertrude, une des filles de sa Dizaine. Rougissant, il s'empressa de retourner à l'infirmerie. Combien de temps était-il resté ainsi, planté là comme un soupirant éconduit?

La porte extérieure de l'infirmerie était fermée, mais il pouvait entendre la voix de Phil. Il hésita, la main sur la poignée de porte. Phil était-il avec un patient? Les portes intérieures et les cloisons n'étaient pas encore terminées, ce qui compliquait le respect des entretiens privés. Mark se dit qu'il devrait sans doute attendre un moment.

Une autre voix couvrit celle du médecin. Impossible de se méprendre, c'était celle de Tuteur. Mark sourcilla, surpris, et ouvrit la porte. Les deux se tenaient dans le bureau inachevé de Phil. Ni l'un ni l'autre ne remarqua l'arrivée du jeune homme. La discussion — en fait, la dispute — accaparait toute leur attention.

— ... pas le droit de prendre des échantillons de sang sans ma permission, criait presque Tuteur.

— Pas le droit? Je vous rappelle que je suis le médecin chargé de toutes les personnes présentes sur Isis. Sans exception. Vous vous prenez pour qui, non mais? répliqua Phil en haussant le ton.

— Je suis son Tuteur. Voulez-vous que je vous fasse entendre mon enregistrement des dernières paroles de la mère de Nolwenn sur son lit de mort? Elle m'a fait promettre de garder et de protéger l'enfant. Je n'ai pas trahi cette promesse, docteur Macdonald, et je n'ai pas l'intention de le faire. Ni vous ni personne ne pouvez m'en empêcher.

Phil se passa la main dans ses cheveux et souffla, s'étranglant presque.

Mark songea que Tuteur n'aurait pas dû mettre en doute l'honnêteté d'un médecin écossais, rouquin qui plus était. Il attendit l'explosion. Il savait qu'il n'aurait pas dû écouter aux portes, mais il se convainquit qu'il se tenait prêt à intervenir au cas où Tuteur s'emporterait et que Phil aurait besoin d'aide pour le maîtriser.

L'explosion ne vint pas.

— Je ne mets pas vos intentions en doute, dit le médecin en baissant le ton au prix d'un effort suprême. Mais j'insiste qu'il est illogique de protéger Nolwenn à ce point, en l'isolant de nous et en la tenant cachée dans ce costume ridicule.

— Je ne suis jamais illogique, l'interrompit Tuteur avec emphase. Vous avez outrepassé vos prérogatives en procédant à ces tests. Je vous somme de me rendre immédiatement les échantillons sanguins.

— Il n'en est pas question.

— Tenez-vous à détruire Nolwenn?

— La détruire? Bien sûr que non. Tuteur, qu'y a-t-il dans ces échantillons de sang que vous ne voulez pas que je trouve? Si vous nous cachez quelque chose, songez que c'est l'avenir de toute la colonie qui est en cause. Est-ce que c'est un virus? Un organisme indigène dont Nolwenn est porteuse? C'est ça, n'est-ce pas?

Phil bougea si brusquement qu'il renversa une pile de boîtes. Tuteur ne broncha pas, mais Mark, debout à la porte, tressaillit involontairement. Le médecin se tourna et le vit.

— Ah, Mark, déjà de retour? Pourrais-tu trouver à t'occuper dans une autre des unités pour le reste de l'après-midi?

— Je pense que je devrais rester, pas vous? articula Mark en avançant, tout en redressant les épaules et serrant les poings.

— Que dis-tu? Oh, c'est Tuteur qui t'inquiète? Ne t'en fais pas. Je ne crains rien, Mark. Ouste!

En sortant, avec l'impression vexante d'avoir nettement moins que ses dix-sept ans, Mark entendit le médecin prononcer rudement:

— Quant à vous, vous avez intérêt à me dire exactement ce qui se passe et ce que vous essayez de nous cacher.

Mark déambula au hasard dans le village, essayant de trouver un sens aux bribes de la discussion qu'il avait surprises. Il y avait du danger. C'était clair, même si le reste ne l'était pas. Phil Macdonald n'était pas seulement en colère. Il avait peur. Mais pas de Tuteur.

Que pouvait-il bien redouter? L'atterrissage et la construction du village avaient été méticuleusement programmés et approuvés par les ordinateurs. Tout se passait comme prévu. Rien n'était allé de travers. En fait, sur Isis, il n'y avait qu'une inconnue: Nolwenn elle-même. Il fallait donc que ce soit Nolwenn qui fût menacée. Seul un danger la concernant avait pu faire sortir Tuteur de son nid d'aigle. «Tenez-vous à détruire Nolwenn?» avait-il demandé. Détruire? Comme s'ils pouvaient vouloir du mal à la *Gardienne* du Phare? Tout cela n'avait aucun sens.

Il avait reçu l'ordre de se trouver du boulot dans une autre unité, mais Phil n'avait pas spécifié où. Mark lorgna Râ, les yeux plissés. Le soleil ne se coucherait pas avant quelques heures encore. Pas de temps à perdre si Mark voulait éviter de se faire remarquer par quelqu'un qui lui donnerait quelque chose à porter ou chercher.

Sans plus tarder, il s'introduisit dans le magasin principal, où il n'y avait personne, heureusement, et il emprunta une combinaison anti-UV et un appareil respiratoire. Il en fit un paquet roulé aussi petit que possible et il quitta l'entrepôt d'un pas délibéré, traversant le village dans la direction des Cascades. Il ne s'arrêta pas avant d'avoir atteint un méandre de la rivière et un pan de roche pour le cacher à la vue des colons.

Il défit son paquet, enfila la combinaison, attacha la bombonne d'oxygène et ajusta le masque. Il devait parler à Nolwenn et découvrir le danger qui la menaçait. Une fois au courant, il saurait bien trouver le moyen de l'aider.

La montée jusqu'à la maison lui parut longue, mais moins dure que la dernière fois. Ses muscles s'endurcissaient enfin. Il haletait, mais il n'était pas épuisé lorsqu'il atteignit la terrasse.

Elle était déserte. Les chaises et le hamac étaient vides. Mais il y avait un verre à demi-plein sur une des tables basses et un volume de poésie, tourné à l'envers avec une telle hâte qu'une page était écornée. Il la lissa soigneusement avant de refermer le livre et de le reposer sur la table.

Il s'immobilisa sur le seuil de la maison et ôta son masque à oxygène.

— Nolwenn? appela-t-il sans obtenir de réponse. NOLWENN! Es-tu là? Est-ce que ça va?

Le silence lui répondit. Un parfum capiteux d'une beauté exquise flottait dans la pénombre fraîche de la salle. Il se dégageait d'une unique fleur dorée dans un vase de verre soufflé à la main, sur la table près des fenêtres. Mark examina les lieux, avalant de l'oxygène de son masque pour ne pas succomber aux bâillements qui menaçaient de s'emparer de lui.

Des meubles élégants, sculptés à la main et polis. Un luxueux tapis devant la cheminée. Qu'est-ce que c'était? La fourrure d'une créature exotique d'Isis ou un matériau synthétique imaginé par Tuteur? Mark traversa la salle sur la pointe des pieds. Il n'avait jamais de sa vie vu de si près tant de beauté et d'élégance, et cet étalage des deux l'intimidait terriblement.

Au fond du salon, il y avait deux portes. Il appela, écouta et ouvrit la première. Une cuisine — blanche, propre et lumineuse. Une bouffée d'odeur de cuisson surgissant d'une casserole sur le feu le fit saliver. Dans la seconde pièce, il y avait des rangées d'ordinateurs, de l'équipement radio, des moniteurs. Au-delà, il entrevit la blancheur d'un laboratoire immaculé. Très certainement le domaine réservé de Tuteur.

De retour dans le salon, il remarqua un passage sur sa gauche et il l'emprunta, admirant le creusement de la maison dans la roche vive et la finition lisse comme un miroir du revêtement de plastique des murs et des planchers. Au bout du passage, une ouverture fermée par un rideau vaporeux donnait sur une pièce sur sa droite.

C'était la chambre de Nolwenn.

Mark le comprit dès qu'il eût repoussé le rideau. Il ne put se résoudre à poser ne fût-ce que le bout du pied sur l'épais tapis blanc. Il se tint sur le seuil et appela de nouveau.

Le seul son demeura celui de son cœur battant à tout rompre. Depuis qu'il avait découvert la tranquillité printanière de la chambre, il avait l'impression d'avoir la poitrine trop petite pour contenir son cœur. Il pouvait sentir la présence de Nolwenn dans la pièce vide et il éprouva soudain l'envie démente de fouler le tapis blanc et de se jeter sur le lit aux fanfreluches roses, pour se sentir plus près d'elle. Qu'est-ce qui le prenait? Il secoua la tête, inspira une grande bouffée d'oxygène et rebroussa chemin en titubant pour aboutir de nouveau sur la terrasse.

À la lumière de Râ, dure et impitoyable, Mark retrouva ses esprits. Il humecta ses lèvres sèches et, cédant à une impulsion, vida le verre de jus de fruit laissé sur la table. Le jus avait une saveur d'outre-monde, un peu fruitée, un peu résineuse, mais il étancha sa soif et lui permit de se ressaisir. Il s'adossa au parapet de pierre et renversa la tête pour voir le haut du plateau.

Elle devait se trouver là-haut. Où serait-elle sinon? Oserait-il tenter l'escalade tout seul? Tout d'un coup, il se sentait l'âme d'un casse-cou capable de tout. Y avait-il quelque chose dans ce drôle de jus de fruit? Ou était-ce l'écho de la voix anxieuse de Tuteur... «Tenez-vous à détruire Nolwenn?»

Sans réfléchir davantage, Mark mit le pied dans la première encoche taillée au laser dans la paroi et il entama l'ascension. En un sens, c'était plus difficile que la première fois. Il devait trouver tout seul les crevasses, encoches et bosses qui servaient de prises à ses mains et ses pieds. En un sens, c'était également plus facile. Il pouvait monter à son propre rythme, sans essayer de rivaliser avec une jeune fille qui grimpait comme un mouflon ou une araignée.

Il monta sans se presser, soucieux de ne pas faire d'erreur. Il était en meilleure forme que l'autre fois. Quand il sentit la brise qui descendait du plateau après avoir balayé le sommet, il était à peine plus qu'essoufflé. Une dernière traction. Les deux bras autour de la pointe de pierre! Et il se tint debout sur le sommet, triomphant!

Et il était récompensé de ses peines. Nolwenn était là, face au vent comme si elle faisait corps avec lui, le regard tourné vers le couchant et la mer démontée de montagnes rouges et violacées. Elle lui tournait le dos. Elle portait une robe longue, faite d'un très mince matériau argenté qui changeait de couleur comme l'opale ou la nacre lorsque le vent remuait ses plis. Ses cheveux détachés faisaient dans son dos comme une cascade d'un rouge éclatant.

Mark s'agenouilla au bord du plateau, s'appuyant de son bras droit sur la roche qui lui avait permis de se hisser.

— Ce que tu es belle... murmura-t-il à part lui.

Il savait désormais que c'était la plus jolie, la plus gracieuse, la plus désirable de toutes les femmes qu'il rencontrerait au cours de sa vie.

Ainsi dressée au bord du ciel, elle se confondait avec Isis. Elle était étrangère, comme l'exquise saveur du jus de fruit inconnu, comme l'odeur pénétrante de la fleur dorée, comme les vagues de montagnes. Elle était semblable à Râ, éclatante d'une énergie intense, d'un pur blanc bleuté. Elle était comme le ciel nocturne, palpitant d'étoiles qui préparaient des danses encore inconnues mais déjà captivantes.

Il parla de nouveau.

— Nolwenn.

Cette fois, elle l'entendit et elle se retourna dans un tournoiement de cheveux cuivrés et de plis opalescents.

Mark se redressa en chancelant et recula involontairement d'un pas. Mais il n'y avait plus rien sous ses pieds. Il essaya de se rattraper et ses doigts agrippèrent le roc un instant, avant de glisser sur la surface rugueuse. Il tombait vers l'arrière, dans le vide. Il se sentit tomber, sentit le souffle expulsé de ses poumons par l'impact de la première saillie et se sentit rebondir. Puis il tomba dans les ténèbres et il ne connut plus qu'un sentiment d'horreur irrationnelle.

Chapitre 6

Nolwenn s'était fâchée contre Tuteur. Toute la journée, elle n'avait pas tenu en place, essayant de peindre ou de lire, mais en vain. Demain, Mark et elle avaient prévu de monter plus haut que les Cascades. Elle voulait... mais que voulait-elle donc? Une fois de plus, elle avait demandé à Tuteur de lui permettre de rencontrer Mark sans avoir à porter la combinaison et le masque, qu'elle détestait de plus en plus.

Une fois de plus, il avait refusé.

— Cela ne te ressemble pas d'être aussi illogique, dit-il.

— Cela ne te ressemble pas de me refuser quelque chose d'aussi important, répliqua-t-elle.

— Qu'est-ce qui est si important? La combinaison est confortable, non? Elle te va, non?

— Tu ne comprends rien!

Elle jeta son livre par terre et se passa les doigts dans ses cheveux, indiciblement frustrée.

Elle traversa la terrasse et lui tourna le dos, portant son regard jusqu'aux montagnes de l'est au-delà de la vallée. Sa peau la démangeait, son estomac se nouait d'une manière très déplaisante et elle avait subitement envie de pleurer.

— Alors, explique-moi.

La voix inlassablement patiente de Tuteur fit déborder la mesure. Si seulement il lui arrivait de se vexer ou d'être impoli ou désobligeant ou *quelque chose*... Il était toujours parfait. Elle ramassa un vase et le lança avec force dans sa direction. Mais son geste d'humeur resta sans effet. Tuteur attrapa habilement l'objet et le reposa soigneusement sur une table voisine.

— Aaaargh!

Elle tapa du pied et sortit en trombe sous son nez, se réfugiant dans l'intimité de sa propre chambre. Elle se jeta sur son lit, enfouissant son visage dans l'oreiller, et se mit à sangloter furieusement.

Au bout d'un moment, sa colère se dissipa, mais elle continua de pleurer. *Je suis la personne la plus malheureuse de toute la Galaxie,* pensa-t-elle avec une certaine satisfaction mélancolique, en laissant les larmes déborder de ses yeux et mouiller l'oreiller. Lorsque l'oreiller devint trop humide, elle le changea de côté et changea elle-même de position. Une fois sur le dos, elle sentit ses larmes se tarir. Ses jambes et ses bras se détendirent. Elle soupira et se moucha, un peu ensommeillée et tentée de céder à l'assoupissement.

— Nolwenn, est-ce que je peux entrer?

— Pourquoi?

Elle se redressa sur un coude pour voir Tuteur hésiter sur le seuil.

— J'aimerais t'examiner. Je crains que tu ne sois malade.

— Je suis en parfaite santé!

— Alors, pourquoi pleures-tu?

Elle réfléchit un instant. Elle n'avait jamais éprouvé le besoin de pleurer, du moins pas de cette manière.

— Parce que je le veux, je suppose.

— Peux-tu me dire pourquoi?

— Non, je ne sais pas vraiment.

— Je devrais peut-être te psychanalyser.

— Je ne suis pas malade, dit-elle en se mouchant, assise en tailleur sur son lit. C'est juste que je ne veux pas porter de nouveau cet horrible costume. Et le masque. C'est tout.

— Mais pourquoi? J'ai expliqué...

— Je veux que Mark me voie, *moi*, pas une réplique en plastique! s'écria-t-elle. De toute façon, le docteur Macdonald pense que tu as tort. Selon lui, les colons n'ont ni virus ni bactéries dangereuses pour moi.

— Et s'il avait tort, Nolwenn? C'est une affaire d'opinion.

— Non, c'est une affaire de faits. Ou ce le sera très bientôt, en tout cas. Le docteur a pris un échantillon de mon sang et il va procéder à des cultures. Dans quelques jours, il va pouvoir te prouver une fois pour toutes que je n'ai pas besoin de ton maudit costume!

— Il a fait *quoi?*

Tuteur traversa la pièce en quelques enjambées. Il saisit les bras de Nolwenn, relevant les manches, et il fixa muettement l'infime marque laissée par l'aiguille. Puis, sans dire un mot de plus, il relâcha ses bras et sortit en marchant à grands pas.

— Où vas-tu? Qu'est-ce qui se passe?

Nolwenn n'avait jamais vu Tuteur se comporter comme s'il était réellement en colère. Il ne répondit pas à ses questions et, un peu effrayée, elle sauta de son lit pour le suivre dans le salon et sur la terrasse.

— Tuteur, s'il te plaît, dis-moi ce que tu as. Où vas-tu? Que vas-tu faire? Excuse-moi de t'avoir lancé ce vase à la figure, mais parle-moi.

Il s'arrêta au sommet des marches qui menaient à la rivière.

— Je m'en vais voir le docteur Macdonald.

Sa voix était aussi calme qu'à son habitude. Peut-être avait-elle eu tort de le croire en colère.

— N'y va pas. Laisse tomber, s'il te plaît. Ne l'empêche pas de finir son travail.

Tuteur secoua la tête.

— Tu n'aurais pas dû t'en mêler, Nolwenn. Le mieux est l'ennemi du bien. Au fond, ton cœur sait que je veux ton bien — que je n'ai jamais rien voulu de plus.

Elle se remit à pleurer.

— Tu ne comprends pas. Mark, je l'*aime*.

Ce ne fut pas avant de l'avoir enfin dit qu'elle se rendit compte qu'elle n'avait jamais rien dit de plus vrai et de plus grave.

— J'aime Mark, répéta-t-elle posément. Je veux qu'il me voie, qu'il apprenne à me connaître. Ce costume n'était qu'un prétexte, n'est-ce pas? L'histoire des microbes, c'est pour rire, hein? Tu l'as inventée pour nous séparer, pour nous empêcher de nous aimer!

— Je te prie de me croire, Nolwenn, ce costume n'a jamais été un simple prétexte — du moins, pas dans l'intention que tu me prêtes. Il était essentiel. Il *est* essentiel.

— Essentiel à quoi?

— À ton bonheur. C'est mon objectif depuis toujours. Ne le sais-tu pas encore?

Sans attendre de réponse, il se mit à descendre le chemin de la vallée en contrebas.

Elle se pencha par-dessus le parapet et cria:

— Si tu veux me rendre heureuse, ne va pas voir le docteur Phil. Laisse-le terminer ses tests. Je te promets que je respecterai sa décision.

Tuteur secoua la tête.

— Je le sais bien. C'est pourquoi je dois descendre pour le voir en personne.

Elle regarda la forme élancée s'amenuiser en se rapprochant du fond de la vallée. Tuteur avança sur le village d'un pas décidé, tandis que les mains de Nolwenn se crispaient sur la balustrade en meurtrissant ses doigts. Il n'y avait rien de plus exaspérant qu'une personne complètement logique, surtout lorsque ses faits et gestes étaient incompréhensibles.

Elle eut soudain envie de sentir le vent sur son corps et de revoir le ciel sans limites du haut pays. Sans se soucier d'endosser une combinaison plus pratique pour l'escalade, elle retroussa le bas de sa robe, glissa l'ourlet dans sa ceinture et entreprit l'ascension.

Là-haut, elle se sentit libre et en paix. Ses cheveux roux flottaient au gré d'un fort vent du nord-ouest qui tira sur sa robe et arracha l'ourlet glissé dans sa ceinture, déployant la traîne du vêtement derrière elle comme une broderie arachnéenne. Elle se tint aussi près que possible du rebord, ignorant l'abîme. Le vent souffletait sa peau et se pressait contre son corps comme un être vivant. Nolwenn devinait, comme bien d'autres fois au même endroit, qu'un effort minime suffirait à la soulever, lui permettant de s'envoler, de s'élever avec les colonnes d'air chaud et de monter en flèche comme un faucon sur les ailes du courant ascendant qui déferlait telle une vague tangible par-dessus le rebord du plateau.

Elle leva les bras, sentit le vent les prendre. Il arrivait de l'océan lointain, par-dessus les chaînes de montagne, et il embaumait maintenant les fleurs printanières des cactus, comme un miel enivrant, et l'arôme épicé de l'herbe sèche des montagnes, et les vapeurs odorantes des huiles qui suintaient des arbustes épineux lorsque Râ brillait plus fort.

Nolwenn fixa le nord-ouest, par delà les rangées sans fin de montagnes. Elle avait l'impression de se tenir à la proue d'un majestueux navire qui fendait une houle rouge-violet, engagé dans un tour du monde sans fin. Elle était à la fois capitaine et figure de proue. L'étrave du plateau tranchait le vent, qui forcissait en agitant les cactus. Son murmure emplissait le silence.

Elle n'entendit pas Mark arriver, mais elle l'entendit prononcer son nom...

C'était comme le son d'une cloche lorsque l'heure et le lieu s'y prêtent à la perfection. Elle sut, gagnée par un sentiment de calme certitude, qu'il l'aimait tout comme elle l'aimait, que tout s'arrangerait. Elle abaissa les bras et se retourna, un sourire aux lèvres, pour traverser le sommet du plateau et le rejoindre.

Ce qui se passa ensuite eut lieu si vite qu'entre un respir et le suivant, tout fut fini. Pourtant, sans comprendre comment, elle ne cessa pas de revivre chaque moment comme une série d'arrêts sur image dans une vidéo.

Clic. Mark, agenouillé dans l'herbe au bout du chemin qui menait au sommet du plateau, un bras posé sur le rocher qui se dressait du côté nord du sentier.

Clic. Mark, debout, les bras levés, étendus. Les doigts raidis, comme s'il essayait de repousser quelque chose d'invisible en face de lui.

Clic. Mark, ébauchant un grand pas en arrière, alors qu'il n'y avait pas la place de faire un pas.

Clic. Mark, les bras soudain projetés au-dessus de la tête, disparaissant de sa vue.

La respiration qu'elle libéra se transforma en hurlement.

— Mark, attention!

Mais il était déjà trop tard. Le pas, immense et horrifiant, était accompli. Il ne s'était pas écoulé plus d'une seconde.

Elle se précipita jusqu'à l'autre bord du plateau, sa robe s'empêtrant autour de ses genoux et de ses chevilles. Avec l'énergie du désespoir, elle se baissa et déchira un grand pan de tissu pour libérer ses jambes.

De l'amorce du sentier, elle ne le vit nulle part. Un vaste tremblement gonfla en son cœur et secoua tout son corps. Elle s'obligea à regarder vers le bas, jusqu'aux éboulis qui rognaient sur la prairie grise au pied du plateau. Des éboulis rouges. De la couleur d'un corps disloqué.

Ses yeux fouillèrent désespérément les ombres, sans le trouver. Le sentier descendait sur sa gauche, en piquant vers le nord. Dans sa chute, Mark avait dû tomber tout droit. Mais jusqu'où?

Elle descendit prudemment la piste, intimidée pour la première fois par le gouffre, consciente de l'abîme impitoyable. D'amies, les roches qui lui servaient de prises étaient devenues des ennemies. Chaque fois qu'elle leur confiait son poids, elle se méfiait. Son cœur martelait l'intérieur de sa cage thoracique. Ses mains mouillées de sueur dérapaient.

À mi-chemin de la maison, Nolwenn le vit. Mi-étendu mi-suspendu, il gisait coincé dans une minuscule fissure où poussait un buisson épineux. En quittant le sentier et en suivant la paroi jusqu'à lui, elle sentit l'odeur aromatique, âcre, qui se dégageait des minces feuilles grises froissées par son corps. Quand elle parvint auprès de lui, elle découvrit que la seule chose qui le retenait à la falaise, c'était la courroie de sa bouteille d'oxygène, accrochée à une minuscule aspérité de la pierre. Même si les branches du buisson agrippaient son costume, elles étaient trop fragiles pour le retenir.

Le masque de Mark, arraché dans sa chute, pendillait sous lui. Le jeune homme avait les lèvres bleues, mais Nolwenn se convainquit qu'il respirait encore. Nolwenn n'osa pas toucher au corps de peur de le faire glisser. Elle se contenta d'attraper le masque et de le rapprocher doucement du visage de Mark.

Puis elle attendit, se cramponnant à la crevasse de toute la force de ses doigts et de ses orteils, aussi proche de Mark qu'elle pouvait l'être sans le toucher.

Encore et encore, son esprit passait en revue l'inexplicable événement. Clic. Clic. Clic. Clic. Encore et encore.

Dans le ciel, Râ se mit à décliner. Le sommet du plateau projeta une ombre en travers de la vallée, à mi-hauteur des montagnes de l'est. Clic. Clic. Clic. Clic.

Mille ans s'écoulèrent. Enfin, elle aperçut Tuteur, qui marchait d'un pas délibéré du village dans la direction des Cascades. Il était si lent. Pourquoi n'avait-il pas pris le flotteur, au lieu de marcher? Nolwenn cria, mais un courant d'air chaud montant des prairies s'empara de sa voix et l'emporta dans la stratosphère. Elle s'écarta de Mark, précautionneusement, et elle fouilla la fissure du bout de ses ongles pour en extraire enfin un petit caillou. Avec prudence, une prudence infinie, alors que la sueur dégoulinait de son front, elle remua le bas et lança le caillou.

Le projectile ne tomba pas tout près, mais bien assez près pour l'ouïe aiguisée de Tuteur. Un autre aurait négligé l'écho assourdi des ricochets du caillou, mais pas lui. Il leva la tête, scruta la falaise et les vit. Lentement, Nolwenn souffla.

Tuteur traversa la rivière et gravit le flanc abrupt du plateau comme un tank. Dès qu'il fut à portée de voix, il dit à Nolwenn de retourner à la maison.

— Appelle le village et avertis le docteur. Puis, prépare le flotteur.

Elle hocha la tête et dévala la pente, la bouche sèche. Elle n'osa pas tourner la tête pour voir si Tuteur réussirait à décrocher Mark sans tomber ensemble avec lui sur les arêtes acérées des éboulis en contrebas. Elle n'avait d'autre choix que de se fier à lui et de se rendre à la maison aussi vite que possible pour exécuter ses instructions.

Elle sortit un flotteur et le stationna à l'extrémité sud de la terrasse. Elle contacta le village par radio et retourna sur la terrasse avec un chargement de couvertures, au moment même où Tuteur descendait les dernières marches, enlevait Mark de son épaule sans hâte inutile et le déposait dans le flotteur avec sollicitude.

Nolwenn tomba à genoux à côté du jeune homme et s'empara de sa main si froide.

— Est-il...? dit-elle sans parvenir à prononcer le mot fatidique.

— Il est encore vivant, dit Tuteur en l'auscultant prudemment avant de rajuster le masque à oxygène. Des côtes cassées. Des lésions internes, peut-être. Je l'amène chez le médecin et je vais rester avec lui au cas où on aurait besoin de moi.

— Emmène-moi aussi, l'implora-t-elle.

Elle n'arrivait pas à libérer la main de Mark. C'était *son* cœur qui pompait le sang de Mark, c'était *ses* poumons qui obligeaient Mark à respirer.

— Je ne peux pas le laisser, c'est impossible!

— Il le faut, dit-il, sévère.

Il acheva d'attacher Mark, s'installa à la place du conducteur et alluma les moteurs.

— Laisse-le, Nolwenn.

— Je ne peux pas.

— Tu penses à toi, au lieu de penser à Mark.

Elle abandonna alors la main inerte du jeune homme et le flotteur s'éleva, lévitant de niveau avec le parapet.

— Mais qu'est-ce que je peux faire? gémit-elle.

— Prier, répondit-il en laissant le flotteur piquer vers le bas et l'aval de la vallée.

En moins d'une minute, il se posa à l'extérieur de la nouvelle infirmerie. Nolwenn distingua des formes qui couraient dans tous les sens tandis que Mark, comme une figurine rompue d'une maison de poupées, était allongé sur une civière et transporté à l'intérieur du bâtiment.

Elle quitta le parapet et rentra dans la maison. Le salon baignait dans les relents capiteux de la fleur de cactus doré. Elle prit l'odeur en haine. Trop sucrée, beaucoup trop sucrée. Toute sa vie, elle se souviendrait de cette journée lorsqu'elle respirerait cette odeur. À chaque printemps... Elle retira la fleur de son vase et la jeta dans l'incinérateur de la cuisine.

Clic. Clic. Clic. Clic. Les images se succédaient dans sa tête. Le parfum de la fleur dorée collait à ses mains. Elle traversa sa chambre pour se rincer les mains dans la salle de bains, frottant sans relâche jusqu'à ce qu'il ne restât plus le moindre vestige de son odeur. Elle prit conscience de l'état de sa robe à demi déchirée et elle l'enleva, s'emmitouflant dans un peignoir comme si sa chaleur pouvait la réconforter.

Clic. Clic. Clic. Clic. Allongée sur le lit, fixant le plafond avec des yeux desséchés, elle vit de nouveau les images se succéder. Elle ferma les yeux de toutes ses forces. Elle les couvrit de ses mains.

Clic. Clic. Clic. Clic. Les images étaient toujours là, à l'intérieur de son crâne. Elle comprima ses tempes de ses mains comme si elle pouvait déloger de force ses souvenirs.

Tuteur lui avait dit de prier. Quand elle était petite, il lui avait parlé de Dieu et il lui avait appris comment prier. Mais le Dieu dont il lui avait parlé était Celui qui avait fixé les étoiles dans le ciel pour qu'elles brillent à Sa gloire. Il avait créé Râ et Isis et la splendeur des montagnes, la grande lumière de l'aurore boréale et l'âcreté des arbustes épineux et l'odeur mielleuse des fleurs de cactus doré...

Elle chancela. Clic. Clic. Clic. Clic. La succession automatique de souvenirs occupa de nouveau son cerveau. Elle chassa au loin ces images. Tuteur ne lui avait pas parlé d'un Dieu capable de faire une telle chose à Mark. Ce n'était pas juste. Ils s'aimaient. Ils étaient nés à dix-sept parsecs l'un de l'autre, mais un miracle leur avait permis de se rencontrer et de s'aimer. C'était comme si Dieu avait confectionné un superbe joyau pour elle, puis, lorsqu'elle avait tendu la main pour le prendre, avait frappé sa main, fracassé le joyau et dispersé ses morceaux. Comment adresser ses prières à un tel Dieu?

Elle resta couchée, fixant le plafond. La lumière blanc bleuté de Râ se retira de la pièce. Les derniers rayons de Râ, reflétés par les montagnes à l'est de la vallée, éclairèrent la chambre d'un rougeoiement mauve. Puis, cette ultime lueur s'évanouit lorsque l'horizon occulta l'astre.

Une à une, les étoiles piquetèrent le ciel noir, allumant un brasier tout le long de la ligne de crête des montagnes obscures. Beaucoup plus tard, elle entendit le bourdonnement du flotteur rentrant au bercail. Elle se rua de sa chambre dans le salon avant même que la silhouette de Tuteur pût apparaître à la porte.

Brusquement, l'énergie nerveuse qui l'avait soutenue toutes ces heures, fuyant le sommeil, sembla se volatiliser. Elle sentit ses genoux faiblir et elle dut s'accrocher à un dossier de chaise pour s'empêcher de tomber par terre. Elle essaya de parler, mais elle ne prononça qu'un croassement étranglé. En deux enjambées, Tuteur la rejoignit, la cueillit et l'installa dans le sofa près de la cheminée. Il alluma un feu dans le foyer, l'enveloppa d'une couverture moelleuse et lui servit une boisson chaude. Elle n'arriva pas à boire, mais elle agrippa la tasse pour réchauffer ses mains glacées.

— Il va s'en tirer, la rassura Tuteur. Il a deux côtes cassées et il a souffert d'une hémorragie interne mineure. Mais il a été opéré et tout va bien maintenant.

— Vraiment?

— Je ne t'ai jamais menti auparavant, Nolwenn, n'est-ce pas?

Elle secoua la tête.

— Je n'ai pas réussi à prier, avoua-t-elle. J'étais trop... fâchée.

— Cela ne fait rien. Il comprendra.

Elle sirota la boisson chaude, rassérénée. Dix minutes plus tard, ses paupières devinrent si lourdes qu'elle n'arriva plus à les soulever. Elle lutta pour ne pas s'endormir, apercevant entre deux battements de paupières la forme de Tuteur au-dessus d'elle. Quelque chose dans son attitude lui disait qu'il la protégeait d'un danger ou péril inconnu. Mais lequel?

Elle essaya de lui demander ce qu'il redoutait, mais le sommeil l'emporta sur la curiosité. Lorsqu'elle rouvrit les yeux, il faisait jour et la matinée était à demi entamée. Le soleil brillait dans l'embrasure des fenêtres taillées dans la pierre et elle avait oublié l'incident.

Elle mourait de faim. Elle se sentait aussi vide que si elle n'avait pas mangé depuis des jours. De fait, en y pensant bien, elle se rendit compte qu'elle n'avait rien pris depuis le déjeuner de la veille et elle n'avait pas été d'humeur à lui faire honneur. Tuteur n'étant pas là, elle se rendit dans la cuisine et se prépara un repas avec du poisson froid, des pousses de bambou et des fruits, qu'elle alla manger sur la terrasse.

Un des flotteurs manquaient à l'appel. Un instant, Nolwenn ressentit un pincement de peur. L'état de Mark avait-il empiré durant la nuit? Mais Tuteur avait promis. Elle s'en rappelait brumeusement, sa dernière certitude avant sa plongée dans le sommeil. Tuteur avait promis que tout s'arrangerait.

Nolwenn rapporta les plats dans la cuisine, prit une longue douche et se lava les cheveux. Elle tenait à se faire belle, cela lui semblait important. Peut-être verrait-elle Mark avant la fin de la journée...

Elle était assise sur la terrasse, en train d'essayer de lire tandis que ses cheveux séchaient au soleil lorsque Tuteur revint. Elle s'élança vers lui.

— Et Mark?

— Il est en bonne voie de guérison.

— Quand puis-je le voir?

Tuteur hésita, comme s'il cherchait ses mots.

— Je ne le recommande pas.

— En ce moment, c'est clair. Mais quand...

— Peut-être jamais.

— Jamais? Mais je l'aime!

— Je sais. Ce n'est pas une situation facile pour toi.

Elle le dévisagea, interdite.

— Quoi, Mark ne veut pas me voir? demanda-t-elle abruptement.

Tous ses sens étaient curieusement aiguisés. Elle n'avait jamais été aussi consciente de l'incroyable transparence de l'air matinal. Elle pouvait voir une alouette très haut dans le ciel, incroyablement haut, et capter chaque note lointaine de son chant perçant. Elle sentait l'étoffe de sa combinaison sur sa peau, l'alternance lisse et rugueuse des languettes de bambou de sa chaise. Elle humait, isolait, identifiait une douzaine d'odeurs à la fois.

Et elle n'avait jamais deviné aussi clairement les pensées de Tuteur. Il lui suffisait de peu de chose. Une hésitation d'une microseconde. Une inflexion un peu différente de sa voix, comme s'il patinait au bord de la vérité.

— Est-ce que Mark refuse de me voir? demanda-t-elle de nouveau.

— Le docteur croit que ce ne serait pas prudent. À en juger par ce que Mark a dit dans son délire.

— Il m'aime.

— Mark ne te connaît pas aussi bien que tu le connais.

— Je sais qu'il m'aime, affirma-t-elle fièrement. Je le sais qu'il... N'est-ce pas?

Tuteur eut un geste d'impuissance.

— Comment peut-on aimer vraiment ce qu'on ne connaît pas?

— On fait confiance, lâcha-t-elle en essuyant ses yeux du revers de la main. C'est ce que j'ai fait.

— Tu es quelqu'un de très spécial, murmura Tuteur.

— Tu veux dire que Mark ne l'est pas... c'est ça?

— Il t'aimera plus tard. Quand il te connaîtra vraiment. Tu ne dois pas brûler les étapes.

— Nous n'avons pas le temps. Tu ne comprends pas? Une vie ne suffit pas. Pas du tout. Savoir que... si proche de...

Les larmes coulèrent sur son visage et elle n'arriva plus à les endiguer. Elle bondit et courut jusqu'au bord de la terrasse pour fixer le bouillonnement d'écume au pied des Cascades.

Tuteur la suivit avec précipitation.

— Nolwenn!

Elle se retourna, alertée par son intonation.

— Non, non, je n'allais pas me jeter dans le vide, si c'est que tu pensais. Ça va quand même. Je ne ferai rien... J'ai besoin de marcher... d'être seule. C'est tout.

Il hocha la tête.

— Où iras-tu? Au sommet du plateau?

Elle frémit et secoua la tête, en se demandant si elle serait capable d'y retourner un jour sans revivre la terrible seconde durant laquelle Mark était tombé, disparaissant de sa vue, une expression horrifiée visible sur ses traits à travers la visière teintée de son masque à oxygène.

— J'irai par là-bas.

Elle agita la main dans la direction approximative de la prairie au sud.

— La vallée? Tu détestes la vallée. Pourquoi y aller maintenant?

Elle haussa les épaules.

— Je ne sais pas. Je n'ai plus envie de faire d'escalade. Qu'est-ce que ça fait?

— Porteras-tu ta combinaison, Nolwenn?

— Non!

— Me jureras-tu de rester à l'écart des colons?

— Ne t'inquiète pas, Tuteur. Je ne tiens pas à les voir en ce moment. C'est Mark que je veux voir. C'est le seul que je veux voir, aujourd'hui et pour toujours.

Elle amorça sa descente de l'escalier de pierre qui menait au fond de la vallée, avant que Tuteur pût inventer de nouvelles objections. Comme c'était étrange! Elle n'avait jamais voulu ainsi prendre ses distances avec Tuteur, mais tout ce qu'il disait désormais semblait avoir le don de l'exaspérer en la laissant à un cheveu de pousser les hauts cris.

Au pied du plateau, elle piqua plein ouest, restant aussi loin que possible du lac et du village. Le matin avait été calme, mais le vent se levait. Bientôt, ils auraient droit à une des spectaculaires tempêtes d'équinoxe d'Isis. Pour l'instant, la brise se contentait de coucher l'herbe-plumet, de sorte que Nolwenn eut l'impression de marcher dans une mer démontée dont les vagues roses ou argentées lui arrivaient à la taille.

Une heure plus tard, elle avait marché loin vers l'ouest. Le rond d'herbe brûlée où se dressait le *Pégase II* était désormais derrière elle, sur sa gauche. Elle poursuivit son chemin, distraite, le silence calmant petit à petit le tumulte de son esprit.

Un glapissement soudain fit battre son cœur et, avant qu'elle ne se rende compte de ce qui lui arrivait, une grande forme hirsute surgit des contreforts du plateau et sauta sur elle. Elle recula en titubant et s'assit brutalement. Hobbit! Il se tint au-dessus d'elle, ses pattes de devant pesant sur ses épaules, lui léchant le visage avec son énorme langue rêche. Il n'avait jamais été aussi exubérant auparavant, même lorsqu'il était un petit chiot orphelin, et elle comprit avec un pincement de culpabilité qu'elle l'avait honteusement négligé depuis l'atterrissage du *Pégase II*.

— Pardonne-moi, dit-elle, le visage enfoui dans la fourrure du cou.

Elle l'embrassa en évitant soigneusement les arêtes anguleuses de son épine dorsale.

— Je suis impardonnable. Tu as toujours été mon ami... mon seul ami à part Tuteur... Depuis qu'ils sont là, je t'abandonne.

Tout haletant, Hobbit se mit sur son séant et la fixa affectueusement de ses petits yeux rouges en amande, sa grande langue violacée surgissant joyeusement des rangées de crocs de sa gueule béante.

— Oui, je t'aime, affirma Nolwenn. Tu es un compagnon de jeu idéal. Je me suis laissée emporter. Pardonne-moi. Veux-tu jouer?

Hobbit s'ébroua, se dressa sur ses quatre pattes et s'élança à toute vitesse, disparaissant dans l'herbe haute en direction de l'aire d'atterrissage. Il revint au bout d'un moment, ses mâchoires refermées sur un grand bâton. Ce dernier appartenait sans doute aux colons, car le bois était lisse et peint de rayures noires et blanches.

— J'ai la très nette impression que tu n'aurais pas dû le prendre, lui dit Nolwenn en soupesant le bâton. Mais ils sont en train de tout gâcher. On leur a donné ma belle Isis, j'espère qu'ils ne sont pas à un bâton près.

Elle le lança au loin, si haut qu'il tourna sur lui-même plusieurs fois avant de s'abattre dans l'herbe haute.

Hobbit se raidit, rugit et se rua à sa recherche. Nolwenn tendit l'oreille: dans la direction de l'aire d'atterrissage, des voix retentirent faiblement. Soucieuse des recommandations de Tuteur et peu désireuse elle-même de rencontrer les colons, elle obliqua vers le plateau, s'éloignant de la vallée.

Hobbit rapporta le bâton entre ses puissantes mâchoires, bondissant triomphalement. Il le fourra à plusieurs reprises dans les mains de Nolwenn, jusqu'à ce qu'elle se résignât à le prendre et à le lancer de nouveau. Le bâton tomba dans l'herbe haute, dans la direction opposée à celle prise par Nolwenn. L'adolescente erra au milieu des rochers et des buissons qui parsemaient les contreforts du plateau. Elle pensait à Mark. Il l'aimait, cela ne faisait pas l'ombre d'un doute. C'étaient les *autres* qui cherchaient à les séparer...

Beaucoup trop tôt à son goût, Hobbit revint, glapissant joyeusement. Elle relança le bâton de toutes ses forces. Cette fois peut-être, il ne le retrouverait pas tout de suite. Elle aimait Hobbit, mais elle avait besoin de paix pour réfléchir clairement sans se faire continuellement interrompre par ses démonstrations bruyantes.

Elle atteignit l'endroit où le plateau s'infléchissait vers le nord pour former le flanc occidental de la vallée des Cascades. Elle entendait Hobbit aboyer. Il avait flairé une piste et son passage dans l'herbe haute produisait un bruissement étouffé. Au loin, des voix masculines se faisaient entendre, s'interpellant avec excitation. Ils étaient peut-être à la poursuite de gibier. Plusieurs créatures ressemblant à de petits chevreuils hantaient la prairie. Tuteur leur avait donné des noms, mais elle n'avait jamais eu envie de les baptiser. Nommer des animaux qui risquaient de finir un jour sous la forme de soupes et de ragoûts aurait eu quelque chose de plutôt horrible. Nolwenn n'avait baptisé que ses amis, comme Hobbit et les adorables familles de loirs bondissants qui avaient leurs terriers au sommet du plateau.

Un coup de feu résonna dans le silence, nettement plus proche qu'elle s'y serait attendu en fonction de l'éloignement et de la direction des voix. Bon, ils avaient de quoi souper désormais. De la nourriture pour la colonie. Elle était ravie pour eux — mais c'était un plaisir de pur principe.

Elle poursuivit son chemin. Le flanc du plateau et la rivière convergeaient. Elle était presque de retour chez elle. Elle se retourna pour appeler Hobbit. Sur le plateau ou dans les montagnes, il serait en lieu sûr.

L'appel resta sans réponse. L'herbe haute était immobile, ne s'inclinant que là où le vent l'aplatissait comme le contact d'une main de géant.

— Hobbit! cria-t-elle de nouveau.

Soudain, un frisson parcourut tout son corps et elle rebroussa chemin, dégringolant les pentes semées d'éboulis.

Hobbit n'était pas loin. Il l'avait presque rattrapée... Il reposait près de la lisière de l'herbe haute, gisant sur le flanc, le bâton rayé à quelques pas de lui, là où il était tombé de sa bouche entrouverte.

Au bord de la panique, elle s'agenouilla près de lui et articula son nom. Les yeux rouges s'ouvrirent et la regardèrent. Puis, lentement, comme s'il était très fatigué, il étira la langue et lui lécha le visage. Son flanc portait une grande blessure et elle défit son écharpe, la chiffonnant pour comprimer la plaie avec son tampon improvisé. Elle l'enfonça de toutes ses forces, mais il n'était pas assez grand. Elle avait beau presser de toutes ses forces, le sang bouillonnait entre ses doigts.

Puis le sang s'arrêta. L'espace d'un miraculeux instant, elle crut qu'elle avait gagné. Avant de découvrir le regard vide et de voir que son ami Hobbit avait disparu à jamais. Elle courba la tête sur son corps inanimé et elle pleura — pour Hobbit, pour elle-même, pour Isis.

Lorsque les chasseurs surgirent de l'herbe haute, elle n'avait pas bougé, assise, la tête de Hobbit sur ses genoux.

— Assassins! Animaux! leur hurla-t-elle. Allez-vous-en. Vous l'avez tué. Vous avez tué mon Hobbit. Allez-vous-en. Partez.

Elle ramassa le bâton rayé et le leur jeta.

Leurs visages horrifiés et stupéfaits reflétèrent le choc de l'accusation. Puis, l'un d'eux eut une réaction parfaitement inexplicable, dégainant son arme et la pointant sur *elle*. Figée par la stupeur, elle le fixa sans comprendre. Mais l'autre homme avait déjà, dans la seconde qui suivit, détourné le bras de son compagnon d'une tape. Il le tira vers l'arrière et ils se mirent alors à courir. En détalant, ils ouvrirent une large voie d'herbe piétinée dans la direction du lac.

Nolwenn ne pleurait plus. Elle posa sa tête sur le cou de Hobbit et se rappela avec amour tous les incidents de leur vie en commun, depuis que Tuteur l'avait ramené à la maison alors qu'il n'était qu'un chiot affamé et geignant, déjà long d'un demi-mètre.

C'est ma faute, songea-t-elle, affligée. *C'était une créature du haut pays. Il ne s'aventurait dans la prairie que pour me trouver, parce qu'il se sentait seul, parce que je l'avais négligé... parce que je pensais à Mark. Et il m'est resté fidèle, toute sa vie, jusqu'à la dernière minute.*

Au bout d'un moment, Nolwenn se leva avec raideur et elle se dirigea vers la rivière. Elle la traversa à gué, tout près de l'endroit où le cours d'eau se jetait dans le lac. Elle ne pensait pas au sang qui maculait ses mains et le devant de sa combinaison. Elle se concentrait sur sa colère en marchant et l'entretenait jalousement, comme une chose précieuse.

Les deux chasseurs avaient sans doute déjà prévenu les autres colons, car elle n'eut pas plus tôt pénétré dans le village que les femmes et les enfants s'enfuirent en hurlant et se barricadèrent dans leurs maisons. Un seul enfant

— elle se souvenait vaguement de lui comme le benjamin — continua à jouer sans se laisser distraire, jusqu'à ce qu'un homme débouchât, le teint grisâtre, d'une maison et le tirât d'un coup sec à l'intérieur de la demeure.

Nolwenn resta seule avec sa colère au milieu de la rue déserte. Elle ramassa une pierre et la lança sur la fenêtre la plus proche. Le projectile rebondit sur la surface de plastique, laissant une meurtrissure blanchâtre. Elle trouva une pierre un peu plus grosse, presque un rocher, et le projeta avec tout ce qu'elle avait de force. Cette fois, la fenêtre détachée de son cadre s'abattit à l'intérieur en produisant un fracas plus satisfaisant.

— Je vous hais! hurla-t-elle dans la direction de l'ouverture béante. Vous avez tué Hobbit. Vous gâchez Isis. Partez. Je n'ai pas besoin de vous ici.

Elle projeta une autre pierre et une nouvelle fenêtre s'abattit.

— Retournez sur Terre. Isis m'appartient. Isis est à moi!

Elle se plia pour lever une autre pierre, mais Tuteur venait d'apparaître à ses côtés. Elle n'avait même pas entendu ses pas, couverts par ses imprécations et les cris des colons. Il la ramassa comme si elle était encore une enfant.

— Laisse-moi! *Laisse-moi!* cria-t-elle en martelant de toutes ses forces l'épaule et le dos de Tuteur avec la pierre qu'elle venait de ramasser.

Il ne broncha pas. Il pivota, sortit du village et remonta du même pas la vallée dans la direction des Cascades.

Nolwenn laissa tomber la pierre et se mit à sangloter. Lorsqu'ils atteignirent l'escalier de la maison, ses larmes avaient lavé le reste de sa colère.

— Pose-moi, s'il te plaît. Je peux marcher.

Une fois sur la terrasse, elle évita son regard.

— J'ai tellement honte, chuchota-t-elle. Est-ce que je t'ai fait mal?

— Rien qui ne puisse être réparé, la rassura-t-il. Ce n'est pas ta faute, Nolwenn. Tu n'es responsable de rien, tu ne pouvais pas comprendre. Le docteur Macdonald m'a dit que j'aurais dû tout t'expliquer avant l'arrivée du *Pégase II*, mais je...

Il fit une pause et Nolwenn écarquilla les yeux, inquiète.

— Qu'est-ce qui se passe, Tuteur? Tu *as* mal.

— Non, dit-il en raffermissant sa voix. Je suis tiraillé, ce qui est douloureusement illogique pour moi. D'une part, je l'ai fait pour ton bien et assurer ton bonheur, vois-tu. Mais, d'autre part, je t'ai rendue malheureuse.

— Qu'as-tu fait? Ce n'est pas ta faute si ces horribles colons ont tué Hobbit. Cher Tuteur, peux-tu retourner là-bas, trouver le corps de Hobbit et l'enterrer bien comme il faut au sommet du plateau?

La voix de l'adolescente tremblait.

— Oui, Nolwenn, je m'en occupe tout de suite, pendant qu'il fait encore jour. Cependant, après souper, il faut que nous parlions, toi et moi. J'ai tant de choses à te dire que tu ignores et tant à expliquer.

Il prit un flotteur et descendit dans la vallée. Nolwenn pénétra dans la maison d'un pas mécanique. Elle savait qu'elle ne supporterait pas d'attendre son retour. Ses mains étaient gluantes. Elle s'aperçut alors qu'elle était couverte de sang. Elle arracha alors ses vêtements et les jeta dans l'incinérateur, puis resta longtemps sous la douche, comme si l'eau chaude pouvait dissoudre sa douleur, jusqu'à ce qu'elle entendît Tuteur revenir à la maison.

Chapitre 7

Mark était gravement blessé et Hobbit était mort. Rien ne serait plus jamais pareil. Nolwenn souffrait comme si son propre sang avait été versé sur le sol d'Isis. Elle avait cherché le réconfort de Tuteur et elle n'avait trouvé que l'incertitude. Tuteur, incertain? Elle essaya de manger, même si, dans sa bouche, le souper avait autant de goût que des pâtés de sable. Tandis qu'elle poussait çà et là les derniers morceaux, les redécoupant et les cachant sous les feuilles de laitue, Tuteur ne tenait plus en place. Tuteur?

À la fin, elle repoussa son assiette.

— Je ne peux plus. Excuse-moi.

Au lieu de la gronder, il eut l'air soulagé.

— Maintenant, je vais pouvoir t'expliquer.

Il conduisit Nolwenn dans le centre de communications.

— Ici? Pourquoi donc?

— Non, pas ici. À côté, dit Tuteur en esquissant un geste.

Elle vit qu'il y avait une porte dans le mur du fond.

— Curieux... Je ne me souviens pas de cette porte. Qu'est-ce que c'est?

— Viens voir.

Tuteur lui tint la porte et elle pénétra dans la pièce inconnue en regardant de tous côtés, intriguée.

La pièce était entièrement impersonnelle. Il y avait des classeurs, des armoires remplies de vidéodisques et un poste de travail avec ordinateur. De l'autre côté d'une cloison vitrée, une autre salle, dallée de blanc, était meublée de tables et de comptoirs encombrés de verrerie de laboratoire. On aurait dit le croisement d'une salle d'opération et d'une usine chimique. C'était sans doute l'endroit où Tuteur produisait de nouveaux matériaux tirés des matières premières d'Isis, pour fabriquer leur mobilier et leurs vêtements.

Il n'y avait pas de chambre à coucher, à moins que Tuteur dormît sur la table haute et aseptique au centre de la pièce blanche. Il n'y avait ni décorations ni souvenirs personnels. L'ensemble était peu attrayant, froid et plutôt déprimant.

— C'est ici que tu passes tes temps libres, Tuteur? C'est si triste. Pourquoi ne t'es-tu pas fait quelque chose d'aussi beau que le reste de la maison?

— Tu avais besoin de belles choses pour t'aider à grandir, Nolwenn. Pas moi. J'ai déjà tout ce dont j'ai besoin.

— Vraiment? dit Nolwenn en regardant autour d'elle. C'est drôle, en tout cas. Je n'ai jamais remarqué cette porte auparavant et je ne me souviens pas d'être jamais entrée ici. Pourtant, je viens dans le centre de communications tous les jours. Comment ça se peut-il?

— Ne t'en fais pas. Au début, j'ai utilisé une suggestion post-hypnotique pour que tu ne remarques pas la porte et que tu n'entres pas avant que je sente que tu étais prête. Maintenant, le moment est venu. Assieds-toi ici, s'il te plaît.

Il indiqua une chaise droite devant l'ordinateur. En lui obéissant, Nolwenn se demanda, un peu effrayée, si Tuteur allait la punir pour avoir lancé des pierres aux colons. Il n'avait encore rien dit à ce sujet, pas un mot... Elle déglutit.

Rien de tel n'arriva. Tuteur s'affairait en multipliant les faux mouvements, comme s'il était nerveux. Il inséra enfin un vidéodisque dans la fente appropriée et il y eut un bref bourdonnement. Des chiffres oranges défilèrent en surimpression sur un fond vert. L'image se brouilla, puis se précisa soudainement. On voyait le lac et la prairie en arrière-plan.

Les arbres étaient chargés de fruits. La caméra se rapprocha du feuillage et la main d'une femme apparut, cueillant un fruit. La caméra suivit le fruit jusqu'aux lèvres de la femme... une femme aux traits fins et réguliers, entourés d'une auréole de cheveux bruns. Nolwenn eut l'impression frustrante qu'elle aurait dû la reconnaître, même si elle ne l'avait pas vue parmi les colons.

La femme se mit à rire, mordit dans le fruit et lécha à loisir le jus qui coulait sur ses doigts. Ses lèvres bougèrent et même si Nolwenn savait qu'elle parlait à la personne qui tenait la caméra, ses regards plongeaient dans les yeux de Nolwenn, comme si c'était à elle qu'elle adressait la parole. L'absence de son de l'enregistrement rendait chaque image plus intrigante encore.

Qui donc était-elle? Nolwenn se rendit compte soudain que si le fruit était mûr, il fallait que ce fût l'automne. Mais, toute sa vie, il n'y avait eu qu'elle et Tuteur sur Isis à chaque retour de l'automne. Et il s'agissait indubitablement d'Isis. La caméra avait reculé de quelques pas. Le plateau surmonté du Phare apparaissait dans l'arrière-plan, au-dessus de la tête de la femme.

Elle se tourna vers Tuteur, une douzaine de questions se bousculant sur le bout de la langue. Seulement, il ne la regardait pas. Il fixait l'écran avec un air décidément songeur. Ce qu'il comptait expliquer, il l'expliquerait à sa manière.

Elle se retourna. L'écran montrait deux personnes maintenant. Un homme avait rejoint la femme du début. Il était beau et grand, mince aussi, le menton résolument carré, les cheveux roux et bouclés. Quand il jeta un bref coup d'œil à l'objectif, Nolwenn vit que ses yeux étaient bleus et perçants. Il entourait du bras la jeune femme, qui était moins grande que lui puisque sa tête lui venait à l'épaule. L'homme la couvait d'un regard si affectueux et si rempli d'amour qu'il rappela à Nolwenn le chant d'alouette dans la montagne — car il lui serrait le cœur.

La bouche de l'inconnu remua et Nolwenn regretta de ne pas savoir lire sur les lèvres. Pourtant, elle avait en même temps la nette impression que ce qui se disait était privé. La jeune femme était très jolie avec ses pommettes haut perchées, ses grands yeux noirs et sa bouche expressive, aux commissures retroussées en permanence comme si un rire n'attendait que l'occasion de jaillir.

Ils se détournèrent et s'éloignèrent de la caméra, se dirigeant vers une hutte en bambous que Nolwenn n'avait jamais vue, même si, constata-t-elle avec un petit choc, la hutte occupait l'emplacement même où les colons avaient choisi d'édifier leur village. Ils s'arrêtèrent sur le seuil de la porte et firent de nouveau face à la caméra, pour un bref instant. *Ne partez pas!* aurait voulu leur crier Nolwenn. *Restez, je vous en prie!*

La scène s'estompa, aussitôt remplacée par l'image d'un bébé allongé dans un berceau de bambou à l'ombre de la hutte. D'autres séquences suivirent. Sous les yeux fascinés de Nolwenn, l'enfant grandit, rit aux éclats, pleura, marcha à quatre pattes, suça son pouce... se vit lancé dans les airs, porté à dos d'adulte, cajolé et embrassé... puis se tint debout finalement, trébucha, fit ses premiers pas et tendit les bras vers l'objectif.

Dans la dernière image avant la fin de l'enregistrement, le bébé était devenu un solide bambin au menton résolu, avec de grands yeux bleus et des cheveux ondulés d'une teinte acajou inhabituelle.

— Tuteur?

La voix de Nolwenn tremblait. Elle avait l'impression inexplicable de se tenir au bord d'une rivière en crue. Elle tenait désespérément à avancer, mais elle avait peur.

— Qui sont ces gens? Où sont-ils? Pourquoi ne les ai-je jamais rencontrés? Est-ce la réalité, ou juste une histoire?

— Regarde-moi, Nolwenn.

La voix de Tuteur résonna dans la salle caverneuse. Elle le regarda et ne bougea plus, figée. Comme un poussin sortant de sa coquille, son esprit ébauchait ses premiers pas. Elle porta les mains à sa tête.

— Ah! Ça fait mal!

— Ce n'est pas grave, dit Tuteur doucement. Maintenant, tu vas te souvenir.

Ses mains retombèrent dans son giron. Elle fixa l'écran éteint sans le voir.

— Mes... mes parents? Ma mère? Mon père? Et l'enfant... c'était moi?

Tuteur hocha la tête.

— Qu'en penses-tu?

— Je ne sais pas. Il faut que j'y pense. Je... pourquoi ne t'ai-je jamais questionné à leur sujet? Pourquoi je ne me rappelle pas d'eux?

— J'ai effacé cette partie de tes souvenirs de ton esprit. Il m'a semblé que c'était le meilleur service à te rendre. Je ne voulais pas que tu aies du chagrin, ou que tu te sentes seule sans eux.

— Du chagrin?

— Ils sont morts quand tu avais quatre ans selon le calendrier de la Terre. Il y a eu un orage catastrophique, le pire de tous les temps... Et nous n'étions pas prêts. Tes parents étaient partis faire des relevés géologiques, tandis que j'étais resté avec toi à la maison.

— Ici?

— Non, dans la maison au bord du lac. J'avais creusé cette grotte pour abriter l'équipement de communication. Je t'ai apportée ici et je t'ai laissée dans un berceau alimenté en oxygène. Je suis parti à la recherche de Gareth et Liz. Gareth — ton père — était déjà mort. Je crois qu'il est mort sur le coup. Ses traits étaient détendus, comme s'il dormait. Je suis sûr qu'il n'a pas souffert.

— Et... Et... ma mère?

Elle avait du mal à prononcer ces mots, comme si elle ne les avait jamais appris auparavant.

— Liz a survécu pendant quelques heures. Je l'ai amenée ici et j'ai fait ce que j'ai pu pour rendre sa mort plus douce. Avant de mourir, elle m'a confié une responsabilité solennelle. Elle a dit: «Je te charge d'être le Tuteur de Nolwenn. Cela passe avant tout. Avant toute autre chose, fais d'abord ce qu'il faudra pour qu'elle soit heureuse et en sécurité.»

Tuteur marqua une pause et se dandina.

156

— C'est ce que j'ai toujours essayé de faire. Jusqu'à l'atterrissage du *Pégase II*, je croyais que j'avais réussi.

— Mais tu as réussi! Cher Tuteur, tu as été la gentillesse incarnée. J'ai eu une enfance merveilleuse, n'en doute pas. Quand ils sont venus, tout a changé, mais ça n'a rien à voir avec toi. Ce n'était certainement pas de ta faute. Tu ne pouvais pas m'empêcher de tomber amoureuse de Mark... même si je pense que tu as essayé, n'est-ce pas? Mais je n'écoutais pas. Et ce n'est pas ta faute si Mark est tombé du plateau ou si les colons ont tué Hobbit. C'est juste... arrivé, n'est-ce pas?

Un silence lourd emplit la pièce. Nolwenn se retourna.

— Tuteur?

Son visage était impassible, comme toujours, mais elle connaissait ses humeurs désormais, et elle devinait de la culpabilité et de la dépression dans son silence.

— Il y a autre chose, Tuteur, n'est-ce pas? Qu'as-tu fait? As-tu dit quelque chose à Mark? C'est bien ça? Il ne veut plus me voir? L'as-tu découragé, l'as-tu dégoûté de moi? Ce n'est pas juste! Tu n'avais pas...

— Nolwenn, non. Je n'ai rien fait de tel, je le jure. J'ai... ce que j'ai fait... écoute-moi, je t'en prie et essaie de comprendre pourquoi je l'ai fait. Tes parents sont morts il y a sept ans, soit treize années terriennes. Ils avaient été les Gardiens du Phare pendant six années terriennes, mais ils s'étaient engagés pour vingt-cinq années, à moins qu'un vaisseau de colonisation n'arrivât entre temps. Liz t'avait confiée à moi. J'étais ton tuteur. Il fallait que j'obéisse, je n'avais pas le choix... si je voulais que tu sois heureuse et en sécurité. Il fallait que je prévoie que tu resterais peut-être sur Isis pendant dix-neuf autres années terriennes, avant l'arrivée du vaisseau de relève qui te ramènerait sur Terre, si tu le désirais. Je me suis demandé si tu serais heureuse d'être prisonnière de cette vallée, grandissant dans la peur des ultraviolets et de l'anoxie des montagnes, sans jamais connaître la même liberté que moi. Je savais quel genre de femme ta mère aurait voulu que tu sois, une femme libre de toute crainte et de rancœur, une femme tout simplement libre. Et cela a marché. C'était ma justification. Jusqu'à l'arrivée du *Pégase II*, tu étais heureuse et en sécurité.

— Oui, cher Tuteur, c'est parfaitement vrai. Mais de quoi parles-tu? Justification? Que veux-tu dire? Justification de *quoi*?

Le même silence pesant s'abattit. Nolwenn frissonna.

— Je t'ai changée, dit enfin Tuteur. D'abord, j'ai effacé tes souvenirs pour que la perte de tes parents ne t'afflige pas à jamais. Puis, petit à petit, chirurgiquement et génétiquement, je t'ai changée.

— Changée?

— Les humains sont des êtres si fragiles, si mal adaptés, dit Tuteur d'une voix presque courroucée. Isis avait mille et une façons de te tuer tant que tu serais trop petite pour faire attention. Je ne pouvais pas te surveiller en permanence. Il fallait que je m'occupe du Phare. Et tu n'aurais pas été heureuse de grandir prisonnière, j'en suis certain. Alors je t'ai adaptée à la vie sur Isis. J'ai épaissi ta peau afin qu'elle te protège des ultraviolets. Je t'ai donné une paupière de plus pour défendre tes yeux — Râ est tellement plus brillante que le Soleil de la Terre.

Les mains de Nolwenn palpèrent son visage.

— J'ai élargi ta cage thoracique, poursuivit Tuteur, et je t'ai dotée d'un système vasculaire plus étendu, semblable à celui des mammifères marins, afin que tu puisses emmagasiner plus d'oxygène à chaque inspiration. J'ai aussi agrandi tes narines pour t'aider à mieux respirer.

— C'est tout?

— J'ai renforcé tes chevilles et tes ongles pour t'aider à grimper. Et j'ai modifié légèrement ton métabolisme... ce qui se traduit par une altération de la couleur de ta peau.

— Pourquoi?

— Pour que les plantes et les animaux vénéneux ne te fassent pas de mal.

— Tu as fait tout ça pour *moi*?

— Et pour ta mère. C'était sa dernière volonté.

— Elle devait m'aimer beaucoup, pour ne penser qu'à moi en mourant.

— Oui, Nolwenn, elle t'aimait beaucoup. Comme ton père.

— Et toi, Tuteur... m'aimes-tu?

— Je... tu... tu es ma raison de vivre, balbutia-t-il. Tu ne m'en veux pas?

— Pourquoi t'en voudrais-je? Tu m'as rendue libre. Tu m'as rendue heureuse. Tu m'as donné Isis. Je t'aimerais rien que pour ça.

— Merci.

Il inclina la tête légèrement et, un instant, il eut presque l'air bouleversé.

— Ce que je ne comprends pas, c'est pourquoi tu te sens coupable de l'avoir fait? dit enfin Nolwenn.

— Ce que j'ai fait…

Il s'interrompit, puis reprit:

— Tu dois comprendre quelque chose de compliqué. Ce que j'ai fait t'a rendue très différente des gens de la Terre... différente de tous les colons... différente de Mark.

— Je sais. J'ai déjà remarqué. Je leur suis supérieure. Je ne suis pas esclave de leurs combinaisons anti-UV et de leurs masques à oxygène. Et je suis forte. Plus forte que Mark... Tuteur! C'est pour ça que tu as fabriqué ce costume ridicule, avec le masque? Ce n'était pas pour une histoire de virus, le docteur Macdonald avait raison, c'était pour me cacher des colons. Tu ne voulais pas qu'ils me voient? Pourquoi?

Elle le fusillait du regard et il répondit, le regard baissé.

— J'avais un plan. J'espérais que vous alliez faire connaissance peu à peu. Que vous apprendriez à vous faire confiance et que vous deviendriez des amis. Et alors, j'espérais que vos différences prendraient un peu moins d'importance.

— Mais elles n'en ont pas... pas pour *moi*!

Nolwenn hoqueta, fixant ses mains. Elles étaient telles qu'elle les avait toujours connues — des prolongements familiers et confortables de sa propre personne. Avaient-elles quelque chose de bizarre?

— Tuteur, pourquoi n'y a-t-il pas de miroirs? Craignais-tu que je sois incapable de regarder mon propre reflet? Est-ce que je suis... repoussante?

— Non, non. Ce n'est pas ça. J'ai peut-être eu tort, là encore. C'est si difficile d'évaluer les réactions émotionnelles d'une personne, même une personne que je connais aussi bien que toi. Mais j'ai pensé que si tu avais l'habitude de te voir dans une glace, tu serais si habituée à ta propre apparence que c'est *toi* qui serais peut-être effrayée par les colons en constatant à quel point ils sont différents de toi.

— Est-ce que je suis... très différente?

— Oui.

— Est-ce que je suis... affreuse?

— Non! Tu n'es pas affreuse du tout. Le beau et l'utile ne font qu'un. Mes modifications sont utiles. Tu es donc très belle.

Nolwenn se leva.

— La tête me tourne. C'est beaucoup trop à la fois. Mark, Hobbit... Et maintenant, une mère, un père, un passé. Et un nouveau corps... J'ai besoin d'être seule. Mais peux-tu me rendre service tout de suite?

— Bien sûr.

— Fabrique un miroir pour ma chambre. Un grand, pour que je puisse me voir en entier. Et peux-tu en faire un qui me laisse me voir de dos? Est-ce que c'est possible?

— Je m'en occupe tout de suite. Tu sais, je ne voulais pas que tu aies un miroir avant, mais comme tu sais maintenant ce que tu es...

Elle hocha la tête.

— Je m'en vais sur la terrasse.

Elle quitta la pièce froide et inhumaine où Tuteur passait tout son temps et elle passa dans le salon. L'odeur de la fleur de cactus traînait encore, même si des heures s'étaient écoulées depuis que Nolwenn l'avait jetée dans l'incinérateur. Quand elle sortit sur la terrasse, l'odeur l'assaillit avec une force redoublée et l'adolescente se rendit compte que l'odeur était portée par la brise du soir depuis les montagnes à l'est. Tous les cactus des versants supérieurs étaient en fleur, au-dessus de la limite des alpages.

Elle ne pouvait pas débarrasser Isis de cette odeur, pas plus qu'elle ne pouvait se défaire de ses sentiments pour Mark — à moins de demander à Tuteur d'incinérer un versant de la montagne au complet et de détruire les fleurs. Il le ferait si elle le lui demandait. Il lui enlèverait aussi jusqu'au souvenir de son amour pour Mark, si elle le lui demandait.

Elle se rendit jusqu'au bord de la terrasse et contempla les montagnes de l'autre côté de la vallée. Faire violence à la montagne et à ses hôtes, rien que parce qu'elle ne pouvait plus supporter l'odeur des fleurs de cactus, serait un acte profondément immoral. Faire violence à son esprit, pour oublier son chagrin, serait tout aussi mal.

Il se passait quelque chose d'étrange dans sa tête. Des fragments de souvenirs remontaient à la surface et livraient des petits aperçus épars du passé. Des mains chaudes et fermes, une sensation de chatouillement de sa peau nue par un menton barbu, un rire allègre... Le son du rire de sa mère.

Nolwenn commença à comprendre pourquoi Hobbit lui avait été si précieux, présence chaude et vivante qu'elle pouvait serrer contre elle. Exactement ce dont elle avait besoin... ou ce dont elle avait eu besoin. Elle eut la douloureuse impression de grandir si vite qu'elle allait devoir abandonner comme un serpent sa peau devenue trop petite pour l'adulte qu'elle devenait. Elle se souvenait maintenant des rires d'autrefois... Tuteur avait été si bon pour elle, il avait été tout pour elle. Sauf que Tuteur ne riait jamais.

Elle ferma les yeux pour mieux supporter les vagues d'émotion qui la secouaient. La surface rugueuse de la pierre du parapet agrippée par ses doigts était la seule autre réalité du moment.

Nolwenn se tenait toujours au même endroit, sous les étoiles, lorsque Tuteur vint lui dire qu'il avait installé un miroir dans sa chambre. Elle inclina la tête pour indiquer qu'elle l'avait entendu et elle entra directement sans dire mot, plongée dans ses pensées. Les yeux de Tuteur la suivirent avec une expression qui, chez tout autre, aurait été attribuée à des remords ou à de la peine.

Dès que Nolwenn entra dans sa chambre, repoussant le rideau qui fermait l'entrée, elle vit l'Autre qui se tenait prête, tenant d'une main le rideau de la fenêtre, à marcher sur elle. Elle s'arrêta abruptement, le cœur trépidant, soudain gonflé de colère. *Personne* n'avait le droit d'entrer dans sa chambre. C'était son refuge le plus intime.

— Qui êtes-vous? jeta-t-elle.

Les lèvres de l'Autre remuèrent railleusement. Nolwenn avança, laissant retomber le rideau de la porte. L'Autre avança à sa rencontre, foulant le même tapis.

À mi-chemin dans sa chambre, Nolwenn comprit. C'était donc ça, un miroir! L'Autre, l'intruse, c'était elle-même. Elle avança à sa propre rencontre et toucha la surface de la glace. Celle-ci était dure et froide; derrière son reflet, Nolwenn pouvait voir toute la pièce contenue dans l'image aplatie. Lorsqu'elle avait étendu le doigt, l'Autre avait fait de même, et leurs extrémités se rencontrèrent à la surface du miroir.

Nolwenn avait toujours cru qu'un miroir refléterait la même image imparfaite que les flaques où elle se regardait quand elle était petite, ou que le creux poli d'une cuiller où elle apercevait son visage rond et renversé. Mais c'était très différent. En fait, le reflet était presque aussi vivant qu'elle.

Nolwenn se fixa longuement, écartant ses cheveux pour voir son visage. D'emblée, elle décida qu'elle en aimait l'ossature, même si l'arcade sourcilière était plutôt massive pour protéger ses yeux du soleil. Le torse large, de concert avec des narines évasées, lui permettait de tirer le maximum de l'atmosphère ténue d'Isis. Elle était clairement un modèle plus pratique que les gens de la Terre à la poitrine creuse et aux traits pincés.

En songeant aux taches de rousseur de Mark et à la peau rougie en train de peler des colons de complexion claire, elle scruta son propre épiderme, puis détacha son peignoir pour se voir en entier. Son corps était lisse et robuste, sans taches ou rougeurs ou autres difformités, et sa peau de bronze uni était teintée de vert. Elle en connaissait la couleur — elle ne pouvait l'ignorer lorsqu'elle se déshabillait

— mais elle n'avait jamais compris à quel point le contraste de sa peau bronzée avec ses cheveux roux était marqué. Elle pirouetta devant la glace, ses cheveux formant un nuage autour d'elle.

Un petit reflet de sa lampe de chevet, renvoyé par le miroir, tomba sur ses pupilles. Tout de suite, sans intervention de sa volonté, une paupière interne remonta devant ses yeux bleus comme un store moustiquaire. Nolwenn bougea la tête, pour que la lumière ne brille plus directement dans ses yeux, et la paupière interne se rétracta rapidement, disparaissant derrière sa paupière inférieure. *Génial!* pensa-t-elle et elle remua de nouveau la tête afin que cela se reproduisît.

Nolwenn plia les panneaux latéraux du miroir de manière à inspecter toutes les parties de son corps, puis se rhabilla et retourna dans le salon. Tuteur se tenait près de la cheminée. Il n'avait pas l'air d'en avoir bougé depuis qu'elle s'était éclipsée. *Il me sert depuis des années,* songea-t-elle, *il ne pense qu'à me rendre heureuse et il ne m'a jamais rien demandé en échange.* Portée par une soudaine vague de gratitude, Nolwenn traversa la pièce en courant et le prit par les bras.

— Cher Tuteur! Merci pour mon corps, il est magnifique!

Il la regarda, le visage impassible.

— Tu n'es pas fâchée de ce que je t'ai fait?

— Fâchée? Pourquoi? Tu m'as protégée des dangers de la planète. Tu m'as donné une vie meilleure que celle que les colons connaîtront. Tu m'as donné Isis au complet, les montagnes aussi bien que les vallées. Je t'adore, Tuteur... Merci.

— Le capitaine Tryon et le docteur Macdonald m'en veulent. Ils croient que je n'avais pas le droit de te changer, que j'aurais dû te laisser telle que tu étais à l'origine.

— Toute blanche et rose et molle? répliqua Nolwenn en éclatant de rire. Comme un oisillon frais sorti de sa coquile? Comment aurais-je survécu? Sans jamais connaître les montagnes d'Isis? Ignore-les, Tuteur. Ne me dis pas que tu fais attention à ce qu'ils racontent. Est-ce qu'ils comptent vraiment pour toi?

— Plus maintenant, Nolwenn. Je suis à ton service et si tu es heureuse, je suis heureux.

— Excellent. Alors, c'est réglé. Cependant, il y a une dernière chose... je ne comprends pas pourquoi, si tu leur as expliqué clairement tes raisons, pourquoi le capitaine et le docteur ne sont pas contents de ce que tu as fait. Ne préféreraient-ils pas échanger leurs corps pitoyables pour quelque chose d'aussi utile et beau que le mien? Et *tous* les colons également... tu pourrais les transformer comme moi. Alors, Isis serait à tout le monde, et pas juste cette vallée où on étouffe.

Et ils seraient tous comme moi, songea-t-elle. *Mark serait comme moi.*

Tuteur resta silencieux un long moment. Quand il répondit, il le fit posément, comme s'il choisissait ses mots avec soin.

— Tu étais encore très jeune quand j'ai commencé à te changer. Pas plus de quatre années de la Terre. Des manipulations génétiques constituent l'essentiel de mes modifications. Ta peau reçoit de nouvelles instructions qu'elle ne risque pas d'oublier, qui lui disent de toujours rester épaisse et écailleuse, pour te défendre des épines et des ultraviolets. J'ai dit à tes os de grossir un peu, de devenir plus solides pour que tu ne craignes rien dans la montagne. Tout cela était possible parce que tu étais si jeune.

Il secoua la tête et poursuivit:

— C'est différent pour les colons. Même le plus jeune a déjà neuf ans. C'est trop tard. Mes procédés ne fonctionneraient pas. Je pourrais tenter des modifications chirurgicales, mais ce serait long et douloureux. Et l'ancien corps d'origine terrestre serait toujours là à tenter de percer sous les transformations. Quand l'épiderme se renouvellera, ce sera encore la même peau adaptée au soleil de la Terre qui apparaîtra.

Sa voix mourut.

— Nolwenn, je suis désolé.

— Je vois, dit-elle.

Elle marcha d'un pas lent jusqu'à la fenêtre pour apercevoir le nouveau village loin en contrebas, sur sa droite, ses lumières semblables à un petit essaim de vers luisants.

— Le costume que tu m'avais fabriqué, si lisse, si rose, si blanc... combien de temps pensais-tu que j'allais devoir le porter? Combien de temps pensais-tu pouvoir leur faire croire que j'étais exactement comme eux?

— Pas si longtemps, Nolwenn. Juste assez longtemps pour qu'ils apprennent à te connaître.

— À connaître un visage blanc aux joues roses? À quoi bon, Tuteur? Ne vois-tu pas qu'ils n'auraient connu que le masque? Mais ils ne m'auraient pas connue, *moi*.

Elle se mit à rire et son rire était empreint d'une telle amertume qu'il alla vers elle.

— Tu réussis trop bien tout ce que tu fais, ajouta-t-elle. Voilà le problème!

— Que veux-tu dire?

— Il aurait fallu que le masque soit plus ordinaire, peut-être même un peu laid. Pourquoi lui as-tu donné justement le type de beauté dont Mark tomberait amoureux?

— Je le regrette sincèrement. Simplement, je te trouve si jolie qu'en fabriquant le masque, j'ai essayé de traduire ta beauté selon les critères des colons.

Nolwenn répéta machinalement ses mots:

— Leurs critères. Et puis...

Elle pivota brusquement, étouffant une exclamation.

— J'ai été aveugle. *Maintenant*, tout est clair. Quand Mark a grimpé jusqu'au sommet du plateau et m'y a vue, j'étais seule. J'étais... moi-même.

Elle pointa du doigt son visage et son corps.

— Il m'a vue comme je suis vraiment. Il a crié de surprise. Quand je me suis retournée, il était horrifié. J'ai cru que c'est parce qu'il était en train de glisser, de tomber dans le vide. Mais pas du tout, n'est-ce pas? Ça ne s'est pas passé comme ça. L'horreur, d'abord. Le cri. *Puis* le pas en arrière. Tuteur, c'est quand il m'a vue qu'il a été dégoûté!

— Tu te trompes, Nolwenn. Il a glissé. Il n'aurait jamais dû essayer d'escalader le plateau tout seul.

— Cher Tuteur, tu mens très mal! Et aujourd'hui? Ces chasseurs? L'un d'eux allait me tuer, tu sais. Comme ça... est-ce croyable? Il a pointé son arme sur moi, mais l'autre la lui a prise des mains. Et ces gens dans le village? Ils ont crié, et couru, et ils se sont cachés. Tuteur, tu m'as donné un beau corps et ils le *haïssent*!

— Mais non, ils étaient surpris, c'est tout. Et ils se sentaient coupables. Ils avaient tué ton ami Hobbit. Alors que tu es la Gardienne du Phare! Et puis, tu étais vraiment *très* fâchée.

— Dans ce cas, il faut que j'apprenne à dissimuler mes sentiments. Mes sentiments et mon visage.

Elle avait parlé sur un ton amer et Tuteur s'empressa auprès d'elle.

— Nolwenn, ne fais pas ça!

— Pas quoi?

— Ne change pas. Ne deviens pas... moins belle.

— Il le faut. J'étais une enfant. Je ne savais pas comment les choses allaient se passer. Maintenant, je sais. Une adulte doit se blinder, s'entourer de défenses pour ne pas être atteinte...

— Non!

— Tu oses me le reprocher, *toi*? Ne t'es-tu pas blindé, Tuteur? Toi qui te défends toujours des questions trop personnelles, de la moindre intimité. Je sais. C'est juste que... Tu es comme ça. Mais de quel droit me dis-tu d'être différente? Pourquoi devrais-je m'ouvrir à la haine, à la peur... et au dégoût?

La voix de Nolwenn trembla et elle déglutit, en serrant les poings. Au bout d'un moment, elle s'obligea à poursuivre, la voix aussi calme et égale que celle de Tuteur.

— Je ne porterai jamais plus ce costume et ce masque. Détruis-les, je t'en prie. Je ne descendrai jamais plus dans ce village et je n'aurai jamais plus affaire à ses habitants. Je vais les oublier. Nous vivrons comme avant.

— Tu sais que c'est impossible.

— Pourquoi? Nous étions parfaitement heureux tous les deux avant l'atterrissage du *Pégase*.

Elle redressa le menton et fixa distraitement le village en contrebas. Les lumières réfractées par ses larmes chatoyaient comme des pointes de diamant.

— Mais ils sont là. Ton travail comme Gardienne du Phare n'est plus le même. Désormais, tu dois faire partie de leur Conseil, donner ton avis et les empêcher de poser des gestes qui pourraient les mettre en danger. Tu as un rôle crucial à jouer et tu dois...

— Non! s'exclama-t-elle en se détournant de la fenêtre, les yeux lourds de larmes contenues. Tu peux le faire, et cent fois mieux que moi. Je ne suis pas vraiment la Gardienne du Phare. C'est toi qui l'es. Tu en as assuré la garde fidèlement pendant que je grandissais et que j'étudiais. Tu peux me remplacer à leurs réunions.

— Nolwenn, je ne suis rien pour eux. Ils ne m'écouteront pas.

Ces paroles causèrent à l'adolescente une surprise presque plus grande que tout ce qui s'était passé jusqu'alors.

— Que veux-tu dire? Tu es mon *Tuteur*!

Il haussa les épaules.

— Peu importe. Disons que c'est un vieux préjugé, mais je t'assure qu'ils ne m'écouteront pas.

— Bon, d'accord, je veux bien accepter un compromis. Tu me représenteras à leur Conseil. Tu seras mon délégué. Et si le Conseil a besoin de mon avis, il n'aura qu'à grimper jusqu'ici pour l'avoir. Je ne redescendrai jamais dans la vallée, je le jure!

Chapitre 8

Nolwenn tint parole. Pendant plusieurs orbites de Shu et de Nut, elle ne quitta pas la maison ou se contenta de parcourir les contreforts des montagnes au-delà des Cascades. Elle n'aurait pas supporté de revoir le sommet du plateau et ses autres refuges favoris n'avaient plus le même charme. Le temps que les petites lunes traversent le ciel une douzaine de fois et que la véloce Shu rattrape Nut de nouveau, elle commença à se sentir de mauvaise humeur et incapable de rester en place.

— Il faut que je te laisse, dit-elle à Tuteur, quand il la découvrit en train de réunir une couverture et des vêtements de rechange. Il faut que je sois seule. Pour penser à tout ça sans être dérangée. Je ne serai partie qu'une semaine, promis.

— Mais dis-moi au moins où tu t'en vas, la supplia Tuteur.

— Vers le nord, dit-elle vaguement. Enfin, je ne sais pas... Si tu y tiens, je peux emporter une balise radio afin que tu saches où je suis. Mais laisse-moi toute seule, s'il te plaît,

— Tu es sûre qu'il ne t'arrivera rien?

Sa voix était presque humble.

— Mais bien entendu. Tu m'as faite pour Isis, l'as-tu oublié?

Une fois dehors, Nolwenn regretta d'avoir laissé transparaître aussi clairement son amertume. Elle faillit rebrousser chemin pour lui demander pardon. Mais Tuteur n'était plus dans le salon. Peut-être ne l'avait-il pas entendue, se dit-elle en jetant ses quelques affaires dans le flotteur avant de partir.

Elle remonta le cours de la rivière vers sa source dans les montagnes au loin. Elle se retrouva en terrain inconnu au cœur d'une longue et large vallée. Au bord d'un à-pic, elle gara le flotteur sur une pente orientée plein sud afin de recharger ses batteries, prit son paquetage et partit à pied.

Le printemps tirait à sa fin. Sous ces latitudes tempérées d'Isis, les jours étaient chauds et secs. Il ne faisait frais que la nuit. Elle ne quitta pas les hauteurs, traversant les alpages d'herbe bleue et rase où se cachaient une centaine d'espèces de fleurs minuscules. Des créatures semblables aux abeilles de la Terre nichaient dans les fissures de la roche et amassaient le nectar des fleurs en bourdonnant, de sorte qu'elle marchait au son de leur musique soporifique. Elle tomba sur un de leurs nids suspendus à une saillie de la falaise et détacha un rayon de miel brun pour l'ajouter à ses provisions. Les pseudo-abeilles se plaignirent rageusement de son intrusion et tentèrent de la piquer, mais elle les balaya de sa peau et poursuivit sa route.

Le troisième jour, elle découvrit l'entrée d'une nouvelle vallée, entaillée par une rivière qui coulait plein nord — dans la direction contraire de la rivière chez elle. C'était une vallée du haut pays, dont l'air était pur et raréfié, bien différent de la soupe épaisse de la vallée des colons, un endroit où il lui était agréable de s'attarder. Après avoir rempli sa bouteille d'eau, elle se baigna et s'allongea ensuite au soleil pour se sécher.

Non loin de là, un bosquet se dressait à mi-pente en contre-haut. Il était composé de ces plantes semblables au bambou que Tuteur avait employées pour construire l'essentiel de son mobilier. Elle n'en avait jamais vu d'aussi ancien. Les grandes tiges se dressaient loin au-dessus de sa tête. Le vent qui montait du nord en emplissant la vallée d'un chuchotis continuel agitait les feuilles comme des oriflammes d'argent. Les tiges creuses s'entrechoquaient au gré des sautes du vent et produisaient un roulement solennel et ininterrompu.

En guise de souper, il y eut du poisson, pris dans l'eau glacée d'un ruisseau et grillé sur une branche.

Accroupie tout près des tisons, Nolwenn mangea les lambeaux de chair délicatement rosée tout en admirant l'éclat d'un spectaculaire coucher de soleil qui embrasait tout le ciel occidental, presque jusqu'au zénith. Lorsque les dernières lueurs s'évanouirent, elle remit du bois sur le feu et regarda les étoiles s'allumer une à une. Petit à petit, le silence la pénétra et elle retrouva une partie d'elle-même, une tranquillité qu'elle avait perdue lorsque le *Pégase II* avait atterri.

La paix et la beauté de la vallée la retenaient avec une force inattendue. Elle décida de ne pas aller plus loin. Elle dormit sans bouger sous les étoiles silencieuses et ne se réveilla qu'en sentant la chaleur de Râ sur son visage. Elle avait prévu de passer une journée de tout repos au bord de la rivière, mais dès qu'elle eut mangé, une vague nervosité s'empara d'elle et la poussa à escalader les flancs escarpés de la vallée. Elle traversa le bosquet de bambou, puis une prairie dont l'herbe lourde d'épis rougeâtres arrivait à sa taille, avant de fouler de nouveau les alpages d'herbe bleue et rase, piquetés de fleurs de montagne, à l'ombre de pics rocheux aux reflets ocrés.

Elle ne s'arrêta pas, poussée par une impatience qu'elle ne comprenait pas, et elle entreprit l'ascension d'une grande montagne aux cimes jumelles. Il était l'heure du dîner lorsqu'elle atteignit la face nord et s'installa sur une corniche pour manger du poisson froid, du pain et du miel brun. La rivière, telle une anguille argentée, se tortillait à travers une vaste plaine au nord, à la rencontre d'une brume lavande cachant les contreforts des montagnes au loin.

De la brume? Nolwenn hoqueta et bénit l'instinct qui l'avait poussée à grimper de plus en plus haut. Ce n'était pas de la brume. C'était du sable. Un formidable ouragan dévalé des montagnes traversait la plaine au galop, aspirant sable et poussières au sein de trombes tournoyantes striées de rouge et de violet.

En quelques minutes, toute la vallée à ses pieds fut submergée et, même sur les hauteurs, elle sentit des grains de sable crisser sous ses dents et cribler ses yeux. Elle explora le pied de la face nord de la montagne, découvrant enfin une profonde crevasse, presque une grotte, qui donnait sur l'ouest, à l'abri du plus fort de l'ouragan. À la lueur d'un crépuscule de mi-journée, elle s'y réfugia pour attendre la fin de la tourmente.

Râ ne brillait pas avec son éclat blanc-bleu habituel mais rougeoyait, morne, comme une braise sur le point de s'éteindre. Puis Râ disparut bel et bien, la privant entièrement de lumière. Le vent hurlait et secouait les fondations de la montagne. Quelle tempête! Y en avait-il déjà eu de pareille? Peut-être celle qui avait tué sa mère et son père. Bien au chaud dans sa grotte, elle se demanda comment les colons s'en tiraient dans leurs fragiles maisons de plastique. Étaient-ils en danger? Sauraient-ils quoi faire? Auraient-ils la sagesse de consulter Tuteur?

Des grattements et des gémissements retentirent à l'extérieur, interrompant le fil de ses pensées. Qu'est-ce que c'était donc, si fort qu'elle pouvait l'entendre malgré le vent?

Elle se couvrit la bouche et le nez avec son écharpe et s'aventura dans le brouillard violacé. Là! Tout juste en contrebas, un des congénères de Hobbit se démenait avec l'espoir du désespoir pour gravir la pente abrupte et rocailleuse. Rien qu'un chiot, en fait. Nolwenn siffla entre ses dents pour attirer son attention et le hissa jusqu'à elle, en faisant attention aux arêtes coupantes de son épine dorsale. Un dernier élan et un dernier effort, et l'animal, sain et sauf à l'intérieur, se secoua si vigoureusement que l'air s'emplit de sable et de poussière. Nolwenn se mit à éternuer.

Elle rinça les yeux de l'animal avec une portion de sa précieuse réserve d'eau, puis en versa un peu plus dans un creux de la roche pour étancher sa soif. Il étendit alors ses grandes pattes sur les genoux de Nolwenn et ils regardèrent la tempête faire rage, partageant un silence fraternel.

Tout l'après-midi, le vent secoua la montagne pendant de longues heures. Il ne s'apaisa brusquement qu'un peu avant le coucher du soleil. Le sable se mit à glisser doucement dans la vallée en contrebas. Râ luisait avec son éclat accoutumé et une grande lueur écarlate baignait tout le ciel, reflet de la couche de poussière rouge qui recouvrait tout.

Même lorsque les ultimes lueurs du soleil disparurent du ciel, Nolwenn n'eut pas envie de dormir. La journée l'avait régalée de merveilles inattendues et elle refusait de la laisser se terminer. Sur ses genoux, le petit Hobbit ronflait doucement. Il avait beau n'être qu'un chiot, il pesait quand même ses cent kilos. Mais elle n'eut pas le cœur de le déplacer. Comme si elle participait à une veillée funèbre, Nolwenn resta alerte toute la nuit, gardienne du sommeil d'Isis.

Passé minuit, une aurore boréale emplit le ciel nordique d'une lueur verte et froide, telle une aube trompeuse. Elle enfla et déploya de fragiles mousselines agitées par le vent cosmique avant d'en faire des arches et des piliers de cathédrale, taillés de jade translucide, veinés d'un merveilleux rose lilas.

Nolwenn distingua sa musique ténue et crépitante, pareille au chant de la glace, et sa chevelure rousse s'anima, chargée d'électricité par l'atmosphère ionisée.

Elle songea aux colons. Se souviendraient-ils de la signification de la tempête, du coucher de soleil et de l'aurore boréale? Sauraient-ils deviner, comme elle en ce moment même, qu'une tempête bien plus grave faisait rage au-dessus d'Isis, en dépit du calme profond de la nuit silencieuse? Comprendraient-ils qu'un sursaut explosif de Râ venait de cracher un torrent de rayons cosmiques vers Isis?

Nolwenn oublia sa colère à l'égard des colons. Elle se rappela le capitaine, le docteur, l'enfant noir qui avait joué avec une telle insouciance pendant qu'elle descendait en trombe la rue du village. Elle songea à Mark. *Dieu,* pria-t-elle, *protège-le. Qu'ils écoutent Tuteur. Qu'ils fassent ce qu'il leur dira de faire.* Ses bras se resserrèrent autour du Petit

Hobbit, qui grogna en dormant et remua sa queue velue et barbelée.

Elle s'endormit enfin au seuil de l'aube. Quand elle se réveilla, il était déjà midi. D'instinct, elle sut qu'elle n'avait plus rien à craindre. Et elle mourait de faim! Lorsqu'elle redescendit au fond de la vallée, Petit Hobbit gambadant à ses côtés, les flots de la rivière étaient redevenus purs et clairs. Cependant, une poussière rouge enrobait les galets de la berge et poudrait le feuillage argenté du bosquet de bambous, telle une soudaine floraison rose.

Elle pêcha du poisson pour deux. Petit Hobbit était parfaitement capable d'attraper de quoi dîner, bien sûr, mais ils retirèrent tous les deux un plaisir beaucoup plus grand, qui en nourrissant l'autre, qui en se laissant nourrir.

Nolwenn passa le reste de la journée auprès de la rivière. Il y avait une petite cataracte là où la rivière arrivait des montagnes au-delà du bosquet. Elle n'avait que trois mètres de haut, mais l'eau tombait avec force. Nolwenn se rinça les cheveux sous l'eau glacée pour en ôter la poussière, puis elle se changea et lava ses vêtements. Elle se promena ensuite dans l'herbe des prairies, recueillant assez de pollen pour se faire des galettes, liées avec du miel sauvage et cuites sur une pierre près du feu. Enfin, elle trouva des baies de rocaille au pied de la pente arrosée par les éclaboussures de la cataracte.

Avec du poisson en prime, Nolwenn et Petit Hobbit se firent un dernier souper en commun.

Elle se coucha tôt, enveloppée dans sa grande couverture, adossée à la forme recroquevillée de Petit Hobbit, qui la défendait à merveille des courants d'air. Elle s'éveilla, le corps reposé et l'âme en paix. Dans l'aube vert jade, elle ne bougea pas, attentive aux aigus du chant de la rivière et aux tons graves des bambous qui résonnaient en se heurtant, tandis que l'alouette chantait loin au-dessus.

— J'aimerais rester ici pour toujours, dit-elle à Petit Hobbit.

En le disant, elle se rendit compte qu'elle était partie depuis déjà quatre nuits et qu'elle ne pourrait plus passer qu'une seule journée dans la vallée avant de rentrer à la maison.

Une fois consciente de l'urgence, Nolwenn dut consacrer sa journée à se constituer des provisions pour le retour au flotteur. Elle attrapa et découpa en filets plusieurs poissons plats, les faisant sécher sur des pierres au soleil. Elle trouva ensuite un arbuste qui portait encore des baies d'hiver de l'année passée. Elles étaient sèches, un peu sucrées et Nolwenn pourrait les mâcher tout en marchant. Lorsqu'elle en eût ramassé une quantité suffisante, il était temps de se préparer à souper et sa dernière journée tirait à sa fin.

Elle se réveilla à la lueur de l'aube naissante. Petit Hobbit ronflait toujours et elle refit son paquetage en silence avant de partir sans le réveiller vers le col au sud qui marquait la ligne de partage des eaux. Elle ne s'arrêta pas pour déjeuner et elle ne se retourna pas avant d'être presque sortie de la vallée.

Alors, du sommet de la crête qui la cacherait à sa vue, Nolwenn contempla une dernière fois la vallée des Bambous. Chaque étage avait sa couleur iridescente: les alpages turquoise du haut pays, les panaches flottants de l'herbe-rouille, le bruissement argenté du bosquet de bambous. La rivière, comme une coulée d'argent fondu, se déversait dans une gorge pierreuse avant de traverser en serpentant la grande plaine dans la direction de la cordillère à l'horizon — les montagnes qu'elle n'avait jamais visitées, les montagnes qui bordaient la mer.

Des remous soudains dans l'herbe-rouille rappelèrent son regard à ses alentours immédiats. Elle pesta tout bas. *Aïe!* Petit Hobbit accourait, avec la même expression joyeuse et confiante qu'elle avait vue si souvent sur les traits de Hobbit! Si seulement il avait dormi quelques moments de plus, le temps qu'elle disparaisse...

Elle s'agenouilla et l'embrassa tendrement.

— Tu ne dois pas m'accompagner, lui dit-elle. Ils te tueront, comme ils ont tué mon Hobbit. Ils ne comprennent pas, vois-tu. Ils pensent que, si on est affreux, on est dangereux. Ils auront peur de toi.

Ses larmes mouillèrent la fourrure de son cou. Il tourna la tête et lécha son visage. Elle le repoussa, opposant toute sa force à sa masse d'une centaine de kilos, et il finit par comprendre que ce n'était pas un jeu.

— Je reviendrai, lui promit-elle. Et je te reverrai.

Elle tourna le dos à l'arc-en-ciel de couleurs de la vallée. Elle abandonna son nouvel ami et gravit le col. La journée avait été saignée de toute sa joie. Même si le ciel était sans nuage, Râ ne brillait plus avec la même ardeur et l'air des hauteurs n'était plus aussi stimulant.

Elle marcha vite. Sans s'arrêter pour admirer les cimes, elle ne s'attacha qu'à monter et descendre. En deux jours, elle fut de retour à l'endroit où elle avait laissé son flotteur. Elle était lasse et vidée, rêvant d'une longue douche. Mais elle ne trouva pas la paix en rentrant à la maison.

Tuteur était bouleversé.

— Mais je t'avais promis de revenir au bout d'une semaine, et me voici. C'est le septième jour et il ne fait pas encore noir.

— J'ai eu peur pour toi dans la tempête.

— J'étais en sécurité dans une grotte en altitude, au-dessus de la poussière et à l'abri du vent.

— La poussière... Le vent... Nolwenn, l'orage solaire a libéré le taux le plus élevé de radiations depuis l'orage qui a tué tes parents. Si je l'avais prévu, je ne t'aurais pas laissée partir. Il faut que je t'examine pour que je m'assure que tu n'as pas été affectée par les radiations.

— Je croyais que ma peau était capable de résister à toutes les humeurs de Râ.

— Oui, bon, peut-être. Mais cet orage a vraiment été *très* mauvais.

Nolwenn endura tous les tests de Tuteur, son esprit ailleurs, reparti dans la vallée enchantée où s'entendaient les chuchotements de l'herbe-rouille et la musique des bambous. Elle ne se souvint des colons que lorsqu'il se déclara satisfait et reconnut qu'elle était en parfaite santé.

— Comment vont-ils? Où se sont-ils abrités? Leurs maisons n'étaient pas sûres.

Elle ne l'interrogea pas au sujet de Mark. Elle était incapable de prononcer son nom, même si son cœur était étreint par la poigne inexorable et douloureuse d'un géant lorsqu'elle pensait à lui.

— Je leur ai conseillé de se réfugier dans le *Pégase II*. L'astronef, après tout, est conçu pour résister aux radiations dures en plein espace. Cependant, ils commençaient à trouver les lieux plutôt inconfortables lorsque l'alerte a pris fin. Il paraît qu'il faisait chaud, qu'ils étouffaient et qu'ils commençaient à s'agiter. Il leur faut un refuge souterrain, comme ici. Le capitaine vient ce soir pour t'en parler.

— Ici? Déjà? Mais, Tuteur, je viens à peine de rentrer.

— Tu es la Gardienne du Phare, Nolwenn. Tu ne l'as pas choisi, mais c'est ton héritage. Je ne suis que ton serviteur et les colons le savent. Ils refusent de m'écouter.

— Heureusement qu'ils l'ont fait, pourtant! Comment ont-ils osé te traiter de serviteur? Tu es mon ami, mille fois mon ami. Ne comprennent-ils pas que tu es beaucoup plus sage que moi? Que tu en sais cent fois plus?

Tuteur inclina la tête pour ne pas faire mine d'ignorer son éclat.

— Néanmoins, tu es la Gardienne et c'est toi que le capitaine voudrait voir. Si tu es trop fatiguée, nous pouvons reporter la rencontre à demain matin, mais pas plus tard.

Nolwenn soupira. Elle sentait sa nouvelle tranquillité d'esprit partir en lambeaux.

— Je le verrai ce soir. Après le souper.

Elle prit une douche et se lava les cheveux, puis s'habilla avec un soin particulier d'un fourreau rouge et or, façonné d'une multitude de minuscules écailles en rangs superposés. Ses cheveux, brossés avec patience, formaient une auréole crépitante, à peine moins rouges que sa robe, tandis que son visage et ses bras nus affichaient une iridescence verdâtre.

* * *

Le capitaine Jonas Tryon, en train d'escalader laborieusement le fameux «escalier» de pierre jusqu'à la terrasse de la maison, la vit d'abord à la lumière des lampes du salon et trouva qu'elle ressemblait à un grand lézard exotique et intelligent. Il lui serra la main, fugitivement surpris de presser une paume aussi chaude et moite que la sienne. Subconsciemment, il s'était attendu à la froideur sèche d'une peau de reptile.

Tout le long de la conversation, le même problème persista. Quand il pensait à elle comme la Gardienne du Phare d'Isis, native d'une planète lointaine, il devenait sensible à sa beauté. Son épaisse arcade sourcilière et son nez épaté avaient la dignité de la symétrie, équilibrant la masse de cheveux roux qui dévalaient ses épaules. La teinte vert-doré de sa peau était franchement exotique et même la paupière interne, qu'il vit glisser en travers des yeux suite à un reflet inattendu, ne laissait pas d'être fascinante.

Mais quand il la voyait comme Nolwenn Le Pennec, fille unique de son vieil ami Gareth — que de souvenirs la couleur de ses cheveux ranimait! —, elle le dégoûtait. Des mots tels que «Néanderthalien» et «reptilien» lui venaient à l'esprit. Il songeait à l'histoire du Docteur Jekyll et Monsieur Hyde; il se rappelait tous les films de monstres qui avaient horrifié son enfance...

Du moins, le mystère de la chute de Mark et de son comportement subséquent s'éclaircissait enfin. Mark n'avait rien dit — rien de sensé. Quand il avait repris connaissance et que s'était dissipé l'effet des anesthésiants qui l'avaient assommé le premier jour, il n'avait fait que fixer le vague en tremblant, sans rien dire qui eût du sens. Il n'avait réagi que lorsqu'on lui avait demandé s'il souhaitait que Nolwenn lui rendît visite, succombant à une panique hystérique...

Elle lui parlait et il n'avait pas entendu un mot. Le capitaine se ressaisit et tenta de s'intéresser à ce qu'elle, Nolwenn Le Pennec, lui disait. Ses paroles étaient étonnantes, aussi conventionnelles que celles de n'importe quelle maîtresse de maison sur Terre.

— Il fait frais dehors sur la terrasse. Mais si vous préférez, nous pouvons continuer à l'intérieur.

Il la dévisagea et secoua la tête, confus.

— Ça ne fait rien. La terrasse me convient.

Elle lui désigna un siège et s'allongea gracieusement dans une chaise transatlantique.

— Tuteur nous apportera à boire, lui dit-elle tranquillement.

— Pourquoi l'appeler ainsi?

La nature personnelle de ce nom l'irritait sans qu'il eût pu dire pourquoi

— Ma mère a fait de lui mon Tuteur sur son lit de mort. Il a tout fait pour moi. Il m'a nourrie, habillée, protégée, éduquée. Il m'a aimée. Nul n'est plus sage que lui sur Isis.

Ses yeux étrangers le mettaient au défi de la contredire.

— Je suis certain que vous avez raison, dit-il, apaisant.

Il déguisa son manque de sincérité, même si elle l'avait sans doute deviné, en jetant un regard aux alentours... À dire vrai, l'endroit était des plus charmeurs, un peu comme un hôtel hors de prix qu'il avait visité sur la Côte d'Azur lorsqu'il était jeune et imprévoyant, et que la paie d'un capitaine lui faisait l'impression d'une fortune.

— C'est très beau, ici.

Elle inclina légèrement la tête. Était-elle capable de sourire? L'expression de ses yeux était singulièrement déconcertante. Il ne l'avait jamais vue sourire. Les reptiles en étaient-ils capables?

— Je peux vous montrer la maison quand vous aurez fini votre verre, si vous le désirez.

Comme si ses mots avaient été un signal, celui qu'elle appelait Tuteur — quel nom ridicule! — surgit de l'ombre à pas feutrés et déposa un plateau sur la table voisine. Il offrit au capitaine une coupe de cristal finement taillé.

— Le jus d'un fruit indigène, monsieur. Je suis sûr qu'il vous plaira.

Il s'éloigna en silence, le serviteur parfait de la tête aux pieds. Jonas Tryon se demanda soudain s'il jouait un rôle. Tout bien considéré, il était presque *trop* parfait. Il se retourna à temps pour voir la Gardienne entrouvrir les lèvres, comme pour le rappeler. Il vit les doigts de l'adolescente se serrer sur le pied de sa coupe... Dieu que ces doigts ressemblaient à des griffes... puis les paupières de la Gardienne battirent et son visage se détendit. Elle prit un air absorbé, la tête penchée sur son verre.

Le capitaine enleva son masque à oxygène et sirota prudemment le contenu de son verre. C'était froid, acidulé et doté d'un arrière-goût aussi pur que tonique, qui chassa aussitôt les fatigues d'une journée de labeur harassant. Il but à grands traits, puis reposa fermement la coupe sur la table. Il vit la Gardienne ébaucher un geste de recul. Elle était rapide. Un instant, il se demanda si elle lisait dans ses pensées, mais il rejeta l'idée comme risible. Elle n'aurait sûrement pas été aussi calme, jouant son rôle à la perfection, si elle avait deviné ce qu'il pensait d'elle.

Il inspira une grande bouffée d'oxygène.

— Cet orage solaire m'inquiète, dit-il vivement. Les données que vous avez communiquées à la Terre ces dernières années ne permettaient pas de prévoir quelque chose d'aussi intense.

Elle haussa les épaules.

— J'avoue que je ne souviens pas moi-même d'orages aussi violents, admit-elle.

— Alors, qu'en pensez-vous? Est-ce une nouvelle tendance? Y en aura-t-il d'autres? À quoi faut-il s'attendre?

— Il faudrait le demander à Tuteur. Les données sont dans ses archives. Il peut aussi en faire l'analyse statistique. Il n'y a qu'à demander.

— J'aimerais plutôt votre opinion. Qu'est-ce que vous avez ressenti pendant l'orage?

Elle haussa les épaules de nouveau et il regarda, mi-fasciné, mi-horrifié, ses cheveux qui s'écartaient pour révéler l'épaule d'or verdi.

— Je n'étais pas ici. J'étais dans les montagnes du nord quand l'orage a éclaté. Peut-être que c'était pire ici.

— Vous étiez dehors? En plein orage? Toute seule?

— Pourquoi pas? Je suis chez moi sur Isis.

D'un geste d'une beauté inattendue, elle embrassa la vallée, les montagnes que l'obscurité avalait, le ciel.

— Oui, mais... où avez-vous trouvé à vous abriter?

— Dans une crevasse, pratiquement une grotte. Elle donnait sur l'ouest et elle était assez profonde pour me mettre à l'abri du vent et de la poussière.

— Mais les radiations?

— Elles ne m'affectent pas.

— Ce n'est pas un sujet de plaisanterie. Je suis sérieux. Je songe à la sécurité de mes passagers.

— Je ne plaisante pas, capitaine. Pas avec vous.

Elle le fixa yeux dans les yeux, et Jonas Tryon se rendit compte avec un choc que, pour elle, il était un ennemi. Entièrement préoccupé par l'analyse de ses propres sentiments à l'égard de la Gardienne, il ne s'était pas préoccupé de ce qu'elle pensait de lui. Maintenant, il le lisait clairement dans ses yeux. *Envahisseur. Perturbateur.*

Mais la voix de Nolwenn ne trahit aucun trouble particulier en poursuivant:

— Tuteur vous a déjà expliqué qu'en se retrouvant chargé de ma survie, quand j'étais toute petite, il ne pouvait pas rendre Isis inoffensive pour moi et a donc choisi de me rendre invulnérable aux conditions d'Isis.

Le capitaine aurait préféré éviter le sujet et il bredouilla:

— Je sais. Oui, il m'a expliqué. Je veux bien, mais, quand même... des radiations *dures*?

— Quelles qu'elles soient.

Elle ouvrit les mains, puis se tut, tenant son verre embrumé et coulant son regard dans la nuit zébrée de lucioles. Son attitude lui signifiait clairement son souhait de le voir partir. Mal à l'aise, le capitaine sentit qu'il pataugeait comme un rustre.

Il essaya de se ressaisir.

— J'ai besoin de votre aide, jeta-t-il.

Elle se tourna pour le toiser, ses yeux étrangers emplis d'une luminescence captivante. Elle ne dit mot.

— Les colons ont besoin d'un meilleur système d'alarme. Nous avons à peine eu le temps de mettre tout le monde à l'abri. Lorsqu'ils se seront dispersés, éloignés du village, qu'ils cultiveront de nouvelles terres ou, qui sait, aurons quitté cette vallée, ce sera encore plus difficile. Votre... Tuteur nous a avertis dès qu'il a soupçonné l'imminence de l'orage. Vous étiez plus proche de l'orage. Avez-vous été prévenue à temps?

Elle le regarda avec dédain et secoua la tête.

— Non. J'étais seule. Isolée. C'est ce que je voulais.

— Alors, comment avez-vous su?

— Ah!

Il la regarda poser son verre abruptement et fixer ses griffes — *non, ses mains, nom de Dieu!* — comme si elle essayait de revivre l'épisode. Elle secoua la tête de nouveau, plus lentement.

— J'étais au fond de la vallée. Je ne sais pas ce qui s'est passé exactement. J'étais incapable de rester en place. Quelque chose, je ne sais pas quoi, m'a poussée à grimper ce matin-là. Je ne sais pas pourquoi. Et j'ai vu alors l'orage loin au nord.

Jonas Tryon soupira. Les quatre dernières journées avaient été éprouvantes.

— Ce n'est pas très scientifique, mademoiselle Le Pennec. Puis-je vous prier d'y réfléchir? Il a dû y avoir un signe quelconque, quelque chose que vous avez remarqué à votre insu... Après avoir passé toute votre vie ici, vous êtes sûrement plus sensible aux phénomènes climatiques du lieu. Vous voyez de quoi je parle?

Elle hocha la tête.

— Mais je doute qu'il y ait quelque chose d'utile. Je ne me souviens pas d'avoir déjà eu conscience de l'imminence d'un orage. Évidemment, Tuteur était toujours là pour m'avertir longtemps à l'avance.

— Ce qui soulève une autre question... Il nous faut des abris à l'épreuve des orages solaires, creusés dans le roc du plateau.

Nolwenn ouvrit la bouche pour protester, mais le capitaine Tryon lui intima le silence d'un geste.

— Nous respecterons votre vie privée. Ils seront aménagés au pied de la falaise, là où la pression atmosphérique nous permet encore de respirer sans aide. Croyez-moi, le haut pays ne nous intéresse *absolument* pas. Nous commencerons à excaver des refuges au laser dès demain.

— Vous me l'annoncez comme si je n'avais pas mon mot à dire.

— En effet. Cette planète ne vous appartient plus exclusivement. Vos parents étaient des employés du Consortium de Transport stellaire. Le CTS est le propriétaire légitime de cette planète, et non vous. Le *Pégase II* est un de leurs astronefs et je suis un de leurs capitaines. C'est *moi* qui suis responsable d'Isis désormais.

Le sang quitta lentement le visage de Nolwenn. C'était un spectacle extraordinaire, comme si l'or se retirait pour ne laisser qu'un vert maladif. Elle se leva d'un bond. Son verre, renversé, roula sur la table et s'écrasa sur le dallage de pierre. Elle ne sembla pas s'en apercevoir.

Il vit ses poings se crisper.

— Et c'est ce qui vous donnait le droit de tuer Hobbit? hurla-t-elle.

— Hobbit?

Bouche bée, il craignit un instant qu'elle fût complètement folle. Il y avait de quoi avoir peur. Ses griffes pouvaient le réduire en confetti si elle s'y mettait, et il était désarmé...

— S'il vous plaît, Nolwenn, reprit-il, asseyez-vous. Pouvez-vous m'expliquer à quoi vous faites allusion?

Sa requête, articulée sur un ton qu'il voulait apaisant, mais néanmoins ferme et impérieux, n'eut aucun succès.

— Pas question. Et je vous rappelle que même si vous êtes responsable d'Isis, je suis encore chez moi *ici*.

Elle s'éloigna à grands pas, suivant le parapet de la terrasse, la traîne de son fourreau rouge et or effleurant les dalles de pierre en produisant un bruissement ténu.

— Je suis désolé, lança-t-il.

Il n'osa pas la suivre, de peur de se faire sauter dessus.

— Je m'excuse, ajouta-t-il, mais je ne comprends vraiment pas. Qui était cet Hobbit?

— Mon ami. Il était mon ami.

Elle se retourna et revint s'asseoir sur le bord d'une chaise. À la faveur de l'éclairage de la maison, il put voir que ses yeux étaient remplis de larmes. Tandis qu'une partie de son esprit ressentit de la compassion et un pincement de culpabilité, une autre partie constatait scientifiquement que l'adolescente était capable de pleurer. Tout comme une humaine. Et non comme un reptile.

— Quand? Où? Qu'est-ce qui s'est passé? demanda-t-il pour l'encourager à poursuivre.

— Vous ne savez pas? Et vous vous dites *responsable*!

Sa voix était méprisante et il rougit sans la moindre raison.

— Cela s'est passé dans la prairie, ajouta-t-elle. Deux de vos hommes ont abattu Hobbit.

Le capitaine Tryon secoua la tête. S'il ne combattait pas ses fantasmes de persécution, il n'obtiendrait jamais sa collaboration pleine et entière.

— Tout ce que nous avons tué, ce sont quelques créatures semblables à des chevreuils. Nous aimons avoir un peu de viande, vous savez, puisque nous travaillons si fort. On nous avait dit que le gibier ne manquait pas sur Isis... C'était dans vos rapports. C'est tout, je vous le jure. Excepté...

Il s'arrêta.

— Excepté Hobbit.

La voix de la Gardienne était atone.

— C'est vrai qu'il y avait une bête terrifiante, comme un... en fait, elle était indescriptible... Une sorte de dragon poilu. On nous a dit qu'ils vivaient uniquement sur les hauteurs d'Isis.

— C'était Hobbit.

— Il a attaqué un groupe d'arpenteurs.

— Ou bien vous mentez, capitaine Tryon, ou bien ils vous ont menti. Il avait emprunté un de leurs bâtons rayés. C'était un jeu. Je le lançais, il me le rapportait.

Le chagrin tordit ses traits et elle se cacha le visage entre les mains.

— Hobbit? répéta-t-il stupidement. Pourquoi *Hobbit*, bon Dieu?

— Pourquoi pas? Il était à moi. Tuteur l'a trouvé et me l'a donné quand il n'était qu'un chiot. Alors, je l'ai appelé Hobbit. J'ai trouvé le nom dans un vieux livre.

— Mais les crocs... la gueule... la taille de l'animal. Mes hommes m'ont dit... Je suis sûr qu'ils n'exagéraient pas.

Elle se dressa au-dessus de lui, fixant son visage. Les larmes avaient tracé des sillons luisants sur la peau de l'adolescente.

— Hobbit était aussi doux qu'un loir du plateau. *Il n'était pas responsable de son apparence*, vous savez.

Elle cracha les mots comme un défi, comme pour faire mal. Elle ne détacha pas son regard du sien, l'obligeant à la regarder.

— Je... Je suis tellement désolé, balbutia-t-il enfin, en détournant les yeux. C'est une méprise... vous comprenez? Un malentendu...

Elle se détourna.

— Y avait-il autre chose, capitaine? Je suis un peu fatiguée.

— Oui, bien sûr.

Le capitaine Tryon prit la direction de l'escalier, soulagé de mettre fin à une entrevue aussi incroyablement ardue.

— Un dernier point, ajouta-t-il. Le... Tuteur m'a dit que vous refusez de participer aux réunions du Conseil. Vous devriez venir. Nous aurons peut-être besoin de vos connaissances. Vous êtes sûre que vous ne changerez pas d'avis?

Elle secoua la tête.

— Je ne redescendrai jamais parmi vous autres de la Terre. Tuteur assistera aux réunions du Conseil. Ses connaissances sont de loin supérieures aux miennes. Et vous les respecterez.

Elle pivota, les yeux lançant des éclairs qui le réduisirent de nouveau au bafouillement:

— Mais bien sûr. C'est entendu. Peut-être que vous changerez d'idée plus tard. Je suis vraiment désolé, vous pouvez me croire. Si seulement nous avions été prévenus pour ce qui est de votre animal apprivoisé... si vous nous aviez avertis. Quant au reste...

Le capitaine chercha ses mots, tandis qu'elle le fixait, les yeux durs.

— Nous nous habituerons les uns aux autres. Il y aura sans doute une période d'ajustement, mais tout finira par s'arranger. Après tout, dans toute cette partie de la Galaxie, il y a de nombreuses espèces qui vivent en harmonie les unes avec les autres, et avec l'humanité...

Il s'arrêta quand il vit l'expression de ses traits et qu'il se rendit compte de ce qu'il venait de dire. La voix de la Gardienne se fit glaciale:

— J'appartiens, moi aussi, à votre espèce, capitaine, ou du moins, j'en faisais partie. Peut-être que je n'en fais plus partie. Peut-être avez-vous raison de me considérer comme une extraterrestre. Je sais que ne suis pas comme vous. Voyez-vous, je ne suis pas une tueuse et je ne le serai jamais.

Elle rentra majestueusement dans la maison, laissant le capitaine sur la terrasse, où les lampes luisaient doucement. Loin au-dessus, les étoiles brillaient dans un ciel sans chaleur.

Chapitre 9

Trois jours plus tard, elle reçut une lettre de Mark. La lettre était scellée dans une enveloppe qui portait son nom griffonné — NOLWENN LE PENNEC. Elle n'avait jamais reçu de courrier auparavant. Elle n'avait jamais vu son nom écrit par une autre main que la sienne ou celle de Tuteur. Debout dans le salon, elle palpa la lettre sans se résoudre à la lire.

— Je peux l'ouvrir avec un couteau, lui dit Tuteur, serviable.

— Non, je vais le faire. C'est ma lettre.

Elle fendit l'enveloppe, en retira deux feuillets et se mit à lire.

Chère Nolwenn,

Le médecin m'a interdit de t'écrire et de te remercier d'avoir sauvé ma vie, mais je peux bouger mon poignet maintenant, alors je vais le faire quand même, et j'espère que tu pourras lire mon griffon-

nage. On m'a dit que tu m'as trouvé et que tu as tenu en place mon masque à oxygène jusqu'à l'arrivée de ton Tuteur, et que sans toi je serais mort d'anoxie, même si je n'étais pas tombé jusqu'en bas du plateau. J'ai fait une bêtise en essayant de grimper tout seul, mais je voulais te voir — j'avais une bonne raison pour le faire, mais c'est idiot, je ne sais plus ce que c'était.

L'après-midi, il fait terriblement chaud ici, surtout quand on est cloué au lit. Nos excursions me manquent. Tous les autres sont contents dans la vallée, mais c'est peut-être parce qu'ils n'ont pas vu à quoi ressemble le haut pays.

Nolwenn se remit à respirer et se détourna de Tuteur, qui se tenait à côté d'elle, attentif à sa moindre requête. Elle revoyait encore le déroulement au ralenti de chaque instant de la chute de Mark du plateau et l'expression horrifiée sur son visage pendant l'ultime seconde. C'était aussi clair dans sa tête que si c'était arrivé le matin même, et pourtant Mark faisait comme s'il n'avait jamais vécu ce moment d'horreur.

Pensive, elle sortit sur la terrasse et s'assit sur un sofa-balançoire suspendu à l'ombre d'un surplomb de la falaise. Au bout d'un moment, elle ramassa la lettre sur ses genoux et reprit sa lecture.

Dès que je serai remis, j'aimerais recommencer à explorer avec toi. Peut-être que nous pourrions voyager vers le nord, pour voir la belle vallée que tu as...

— Tuteur!

La colère dans sa propre voix l'étonna.

— Oui, Nolwenn?

Il apparut si vite qu'il avait sans doute attendu son appel.

— Comment se fait-il que Mark connaisse ma vallée?

— Il en a peut-être entendu parler par le Conseil...

— Tu as parlé au Conseil de *ma* vallée?

— Bien entendu. Qui sait, tes découvertes pourraient s'avérer utiles un jour.

— Mais c'était un endroit à moi... à moi toute seule.

— Pour l'instant présent, peut-être. Plus tard, les colons souhaiteront partir et se disperser ailleurs sur Isis. Et ils sont confinés aux vallées.

— Cette vallée, *ma* vallée, est très haute. Il n'y aurait sûrement pas assez d'oxygène pour eux, plaida-t-elle.

— Le Conseil en décidera le moment venu. Mais pourquoi t'en fais-tu? Il va falloir des années pour qu'on en arrive là. Cela n'aura peut-être même pas lieu de ton vivant. Cependant, il fallait que ce soit consigné.

— Vous êtes en train de tout me prendre, dit-elle, les muscles de sa mâchoire si raides de tension qu'elle n'arrivait pas à articuler. Hobbit. Mark. Isis. Moi-même.

— On ne peut pas te prendre à toi-même. C'est impossible.

— Oh que non! Je sens que c'est déjà commencé. Tuteur, je me sens si étrange. Je ne sais pas ce qu'ils pensent... Comment puis-je leur faire confiance? Tu sais à quel point ils me trouvent affreuse et, pourtant, lorsque le capitaine est venu ici l'autre soir, il a fait semblant que tout était normal. Est-ce que Mark est en train d'agir de même dans cette lettre? Je ne comprends pas. À qui puis-je me fier?

— Tu peux te fier à moi, aujourd'hui et à jamais.

— Tu as parlé au Conseil de ma vallée! Ah, je sais que je suis injuste, que tu étais obligé de leur dire. Mais que je souhaite que tout redevienne comme avant! Tout est en train de changer. Je suis en train de changer. Et, parfois, je me prends à me demander si tu...

— Chut. Tout s'arrangera pour le mieux. Il faut donner du temps au temps, c'est tout. Que dit Mark dans le reste de sa lettre?

— C'est vrai, dit Nolwenn en reprenant les feuillets, je ne l'ai même pas lue jusqu'au bout.

J'aimerais tant qu'il soit possible d'explorer Isis sans une combinaison anti-UV et des bouteilles d'oxygène. Un jour, quand nous serons assez nombreux pour le faire, nous introduirons plus d'oxygène dans l'air, en le tirant des plantes ou peut-être des pierres. La roche rouge de ces montagnes doit être bourrée d'oxydes et nous ne manquerons jamais d'énergie solaire pour les en extraire. Et alors, nous serons aussi libre que toi à la surface d'Isis.

Pourquoi ne viens-tu jamais me voir? Les autres ne veulent pas me parler de toi. Ils me regardent, et puis ils parlent d'autre chose. Qu'est-ce qui se passe? Ils m'ont dit que ton animal a été tué. C'est triste, mais il faut que tu acceptes que c'était une erreur, n'est-ce pas? Il paraît que c'était une bête horrible à voir, d'ailleurs.

Viens me voir et me parler, s'il te plaît. Tu me manques. Les choses dont on parlait me manquent — la musique, les livres, tout. Ta belle voix me manque. Ton

rire me manque. Cet accident, c'était peut-
être un coup de chance. Je n'aurais sans
doute jamais eu le courage de te dire en
personne ce que je ressens pour toi. Mais
j'ai eu tout le temps nécessaire pour trou-
ver les mots justes. Pourquoi ne viens-tu
pas? Tu sais qu'il n'y a pas de virus ici,
c'était juste une idée folle de ton Tuteur.
Ne pense plus à Hobbit. Après tout, il est
mort et ce n'était qu'un animal. C'est de
nous que je parle.

Je t'aime,

Mark.

Elle se leva et les feuilles tombèrent en vo-
letant.

— Je n'y comprends rien. Est-ce qu'il fait
semblant de croire que je suis une fille comme
les autres? Pourquoi? À quoi joue-t-il?

Tuteur ramassa les pages, les parcourut et
les replia avec soin.

— Parfois, un coup à la tête fait oublier
tout ce qui a eu lieu pendant les quelques minutes juste avant le choc. Comme il ne semble
pas se souvenir de sa chute, il a peut-être
oublié ce qui s'est passé auparavant. Si même
quelque chose s'est passé. Tu t'es peut-être
trompée. Il se pourrait qu'il lui importe peu

que tu ne ressembles pas exactement aux autres femmes sur ce monde. Après tout, s'il t'aime vraiment, cela ne devrait avoir aucune espèce d'importance.

Elle ricana amèrement.

— Ah que j'aimerais que ce soit vrai! C'est tellement ironique. Il a complètement oublié cette maudite journée et je n'arrive pas à l'oublier. Peut-être que tu devrais me frapper la tête!

— C'est une suggestion irrationnelle.

— Je le sais bien! s'écria-t-elle en ravalant un sanglot. Pourquoi es-tu toujours aussi logique? Et que dois-je faire maintenant?

— Tu pourrais le visiter comme il le demande.

— Aller le voir en bas? Je ne peux pas!

Elle gardait un très net souvenir des expressions sur leurs visages la dernière fois qu'elle avait pénétré dans le village, enragée par la mort de Hobbit. La peur. L'horreur. Tous sauf un... il y avait eu un enfant dont le visage n'en avait rien montré...

— Tu pourrais ignorer sa lettre.

— Mais alors, je ne saurai jamais si c'est la vérité, s'il parle sérieusement.

— Dans ce cas, tu pourrais lui écrire et lui expliquer pourquoi tu ne veux pas descendre pour le voir.

Nolwenn fit les cent pas impatiemment sur la terrasse. Elle se décida.

— Je ne vais pas faire semblant, dit-elle fermement. Il faut que tu me prennes en photo. En couleur. Et je vais écrire la lettre qui l'accompagnera.

C'était facile à dire, mais il fallut le reste de la matinée à Nolwenn — et plusieurs feuillets du meilleur papier de Tuteur — avant que celle-ci se déclarât satisfaite. Entre-temps, les photos avaient été prises, agrandies et encadrées. Nolwenn les disposa sur la table et se pencha sur elles.

— Celle-ci?

Tuteur hocha la tête.

— C'est la meilleure. Tu es très belle.

— Ne lui donne pas la photo avant qu'il ait lu la lettre, le prévint-elle. Et attends, je t'en prie. Au cas où... où...

Elle se tut pour s'arrêter de bégayer.

— J'attendrai sa réponse, dit Tuteur calmement. C'est certainement la meilleure photo, Nolwenn. Je crois qu'elle lui plaira beaucoup.

— Elle est pas mal réussie, n'est-ce pas? Alors, est-ce que ça va s'arranger?

— Il serait fou de ne pas t'aimer comme tu es, Nolwenn. Ne t'en fais pas.

Après son départ, Nolwenn se changea, enfilant un survêtement de sport, et elle grimpa jusqu'au sommet du plateau. Elle n'y était pas revenue depuis la chute de Mark. Elle n'avait pas encore vu la tombe de Hobbit. Tuteur l'avait excavée dans le roc à l'aide d'un laser, puis l'avait recouverte d'un cairn de pierres, de sorte qu'il y avait désormais deux monuments sur le plateau — le Phare et la tombe de Hobbit.

Il faisait une chaleur d'enfer sur le sommet plat et sans ombre du plateau. Tous les petits animaux qui le pouvaient s'étaient réfugiés dans leurs terriers. Elle se sentait nerveuse et à cran — comme ce jour dans la vallée des Bambous où elle avait gravi d'instinct la montagne, en proie à un énervement sans cause. Un autre orage? Elle regarda vers le nord, mais le ciel était d'un vert bleuté immaculé, sans la moindre trace de nuage.

Elle se réfugia dans l'ombre dérisoire du Phare, réfléchissant aux voies du destin. Mark était né à dix-sept parsecs d'Isis, sur une Terre surpeuplée où ses parents avaient été choisis parmi des milliers et des milliers de postulants pour la colonisation d'Isis. Comment avait-il donc abouti sur Isis? Une personne comme lui, une personne à son goût. «Je t'aime, Nolwenn», avait-il écrit.

Elle s'allongea dans l'ombre mouchetée de lumière et chuchota: «Je t'aime aussi, Mark.» C'était si parfait, comme la réunion de la chaîne et de la trame idéales pour tisser une étoffe de toute beauté. À condition qu'il... L'aimerait-il encore? Même si elle était différente?

Elle ne tenait plus en place. Sans se soucier de la chaleur, elle se rendit jusqu'au bord sud-est du plateau. Elle pouvait voir le village à travers l'atmosphère qui en brouillait l'image, mais les habitants eux-mêmes étaient trop petits et estompés pour être distingués les uns des autres. On aurait dit des scarabées, entrant et sortant sans cesse de leurs minuscules cocons habitables.

Avec ses jumelles, Nolwenn aperçut un groupe qui s'enfonçait dans l'herbe haute pour chasser, tandis qu'un autre se rendait au bord du lac pour pêcher. Ils parlaient. Ils étaient tout le temps en train de parler. Elle ne pouvait pas les entendre, mais elle savait bien ce qu'ils faisaient lorsqu'ils s'arrêtaient et qu'ils agitaient les bras.

De quoi parlaient-ils donc tout le temps? De musique et de poésie et des idées qui mijotent sous un crâne les jours de canicule? Parlaient-ils comme elle et Mark avaient parlé? Ou jacassaient-ils pour meubler les terribles silences de leur nouvelle planète?

Elle repéra alors Tuteur, semblable à nul autre, le corps droit et imperturbable, qui remontait la rue du village dans la direction des Cascades.

Nolwenn quitta aussitôt son belvédère et s'empressa de descendre la falaise jusqu'à la maison. Elle arriva sur la terrasse avant Tuteur et elle attendit impatiemment, regrettant qu'il ne soit pas dans la nature de Tuteur de se hâter même quand il aurait dû savoir qu'elle l'attendait!

Elle contint son impatience, même si Tuteur avançait si lentement qu'on aurait juré qu'il ne plantait chaque pied qu'après avoir soigneusement pesé le pour et le contre.

Soudain, elle sentit qu'elle ne supporterait pas de savoir ce qui était arrivé et elle s'enfuit dans la cuisine et entreprit, distraite, de se préparer un jus de fruit. Tuteur la retrouva devant le comptoir. Il ne dit rien et rien de plus ne se lisait sur ses traits. Il lui tendit une unique feuille de papier pliée en deux. Nolwenn reposa son verre avec force, éclaboussant tout le comptoir.

Elle laissa Tuteur essuyer les éclaboussures et s'éloigna de lui à grands pas. Le pli niché au creux de ses mains, elle interposa toute la longueur du salon entre eux.

Déplier le feuillet était impossible. Ne pas le faire était intolérable. Elle inspira profondément et elle obligea ses doigts à ouvrir la note, et ses yeux à la lire.

L'écriture de Mark était déliée et vigoureuse, et il avait employé un stylo noir, mais Nolwenn dut cligner des yeux avant de déchiffrer les deux lignes du pli.

Je respecterai ta décision. J'aurais aimé que les choses soient différentes.

Mark

Deux lignes. Pas une de plus. Deux lignes qui ne disaient rien du tout. Avait-elle pris une décision? Elle ne le croyait pas. Elle songea à tous les brouillons de la lettre qu'elle lui avait adressée, les mots soigneusement choisis, les feuillets froissés et rejetés... Décision? En fin de compte, n'avait-elle pas décidé de lui dire toute la vérité en ce qui la concernait et de le laisser trancher.

«J'aurais aimé que les choses soient différentes.» Quelles choses? Parlait-il de ses sentiments pour elle? De ses sentiments à elle? Et la signature... «Mark». Pas «Je t'aime, Mark». Rien que «Mark». Franchement, c'était le seul mot de la lettre qui exprimait quelque chose de concret. Le reste était complètement fuyant. À moins, peut-être, qu'il se soit abstenu d'écrire «Je t'aime», même s'il aurait voulu le faire, par égard pour les sentiments qu'il lui supposait. Peut-être ressentait-il de l'amour pour elle, même s'il ne l'avait pas écrit.

— Tuteur! appela-t-elle, et il se matérialisa, attentif et silencieux, comme s'il n'attendait que son appel. Tuteur, quand Mark a lu ma lettre, a-t-il dit quelque chose? Quelle mine faisait-il?

— Quand il a lu la lettre, il a dit, «Je n'y comprends rien.» Il avait l'air abasourdi. Puis, il m'a demandé, «De quelles modifications parle-t-elle? Que lui avez-vous fait?»

Tuteur s'arrêta.

— Et ensuite? le relança Nolwenn.

— Je lui ai donné ta photo.

— Et...?

— Il l'a regardée un long moment.

— Et après? Qu'a-t-il dit? Il a bien dû dire quelque chose.

Tuteur hésita pendant une milliseconde. L'incident tout entier fulgura dans sa mémoire si fidèle et si précise. Mark avait l'air tendu lorsqu'il avait achevé sa lecture de la lettre de Nolwenn et sa main avait tremblé en saisissant la photo. Il avait fixé cette dernière avec incrédulité avant de poser sur Tuteur un regard dénué de toute expression.

216

— Qu'est-ce que c'est supposé être?

— C'est Nolwenn, bien sûr.

Un instant, Tuteur avait cru que Mark allait avoir la nausée.

— Et je l'...

Il s'était interrompu et avait dit, les dents serrées.

— C'est une plaisanterie, n'est-ce pas? Une très mauvaise plaisanterie.

Tuteur avait secoué la tête. Après avoir fixé le portrait de nouveau, Mark avait dit:

— C'est Nolwenn, *ça*? Mais elle est affreuse!

Piqué au vif, Tuteur avait répliqué sèchement:

— Elle est à la fois belle et fonctionnelle.

— Mon Dieu!

Mark était en nage, le teint grisâtre et le front ruisselant de sueur. Il avait essuyé son visage et ri faiblement.

— Vous savez, j'ai eu des cauchemars où je voyais ce visage. Le doc m'a dit que c'était à cause de la commotion... que ça passerait. Mais c'est la réalité. C'est... Nolwenn.

Il avait repoussé la photo loin de lui et Tuteur l'avait interrogé:

— Vous ne souhaitez pas la garder?

Le jeune homme avait laissé échapper un rire forcé, à la limite du vulgaire.

— Vous plaisantez?

Tuteur avait repris la photo laissée sur le lit et l'avait rangée dans une poche de son uniforme. Il s'était alors tenu au pied du lit, donnant au jeune homme le temps de se ressaisir. Mark avait finalement relevé la tête.

— Vous êtes encore là? Que voulez-vous encore?

— J'attends, avait-il répondu.

— Quoi?

— J'attends votre réponse à la lettre de Nolwenn. Je ne dois pas repartir sans une réponse. Elle en attend une.

— Seigneur! avait soufflé Mark sans que Tuteur pût discerner si c'était une prière ou un juron.

— Qu'est-ce que je peux bien lui dire? avait-il dit en suppliant Tuteur, qui était resté silencieux. Eh bien, dites-le-moi, vous qui savez tout!

— Je ne peux pas écrire la lettre à votre place, monsieur. Mais... je vous avertis... de ne pas blesser ma Nolwenn.

Les mots avaient surgi avec une force qu'il n'avait pas prévue et Mark avait pâli de nouveau, cherchant de l'aide d'un regard plutôt désespéré. En vain. Ils étaient seuls dans l'infirmerie.

— C'est une menace? s'était-il rebiffé.

— Non, l'avait assuré Tuteur, avant de se corriger: enfin, je *crois* que je ne vous ferai pas de mal.

Mark avait pris un morceau de papier et mâchonné le bout de stylo un moment, avant de griffonner deux lignes.

— Voilà. Ça vous va?

Tuteur avait lu la note et l'avait pliée soigneusement avant de l'empocher.

— C'est dommage que vous ne serez qu'un fermier sur Isis, monsieur. La Terre perd en vous un politicien de premier ordre.

— Nom de nom, qu'est-ce que je pouvais bien écrire? Que je l'aime? Que je la désire? C'est bien assez. Maintenant, sortez!

* * *

La question de Nolwenn résonnait encore dans la tête de Tuteur quand celui-ci prit une décision extrêmement humaine et, pour lui, hautement significative.

Il mentit.

— Ce que Mark a dit? Eh bien, il a longtemps regardé la photo et il a dit: «Si seulement j'étais comme elle, nous pourrions être heureux sur Isis.»

— Il n'a pas été dégoûté par mon apparence.

— Je t'avais dit qu'il ne le serait pas. Je t'ai dit que tu es belle.

— «Si seulement»... C'est bien ce qu'il a dit?

— Oui. Essaie de comprendre comment il se sent. Il sera toujours obligé de se cantonner aux vallées, à moins d'endosser une combinaison anti-UV et de porter un appareil respiratoire encombrant. Tout Isis t'appartient. Il est trop fier pour vouloir te retenir auprès de lui.

C'était un mensonge magnifique et le visage de Nolwenn révéla son succès. Son expression était peinée, mais son estime de soi était intacte. Tuteur ne pouvait faire rien de plus pour elle.

Mais elle ne renonça pas si facilement.

— Et s'il se faisait opérer... Tuteur, pourrais-tu...?

Il secoua la tête.

— Il est trop vieux pour se soumettre à des manipulations génétiques. Le reste serait trop dur. Trop douloureux. Son corps se rebellerait et tenterait d'inverser les changements. Je te l'ai déjà dit. Tu ne t'en rappelles pas?

— Pourrais-tu me changer, *moi*, refaire de moi ce que j'étais?

— Toi? Nolwenn, tu sacrifierais ta liberté pour *lui*?

— Mais ce ne serait pas un sacrifice!

Il faillit lui révéler le peu de valeur de son héros. Il hésita et se contenta de dire:

— *Moi*, je ne pourrais pas. Sur Terre, peut-être que la médecine est assez avancée pour le faire maintenant.

Elle soupira et n'insista plus. Il se retira. Il avait des relevés à faire, qui étaient déjà en retard.

Nolwenn demeura seule sur la terrasse, les yeux secs, pleurant ce qui aurait pu être et ce qui ne serait pas.

Les jours suivants, elle essaya de vivre comme elle avait vécu avant l'arrivée du *Pégase II* et de Mark. Elle fit de son mieux, mais sans pouvoir retrouver la saveur des jours enfuis. Ce n'était pas qu'elle fût précisément malheureuse. Mais si elle avait marché à l'énergie solaire, elle aurait dit qu'elle était en manque de soleil.

Un matin, cette sensation devint insupportable. Elle n'arrivait pas à tenir en place et pourtant il n'y avait nulle part où aller, rien qu'elle ne désirât faire. Elle arpenta la terrasse — vingt pas vers le nord, vingt pas vers le sud. Sous sa peau courait un picotement qui ne lui laissait aucun repos.

Elle faisait toujours les cent pas lorsque Tuteur jaillit de la maison.

— Je viens de calculer l'approche d'un autre orage solaire. J'ai averti le village.

— Si tôt après le dernier? Est-ce que je peux faire quelque chose?

— Ne t'éloigne pas de la maison, c'est tout. Je te préviendrai quand il sera temps de se mettre à l'abri.

Elle hocha la tête distraitement, mais, lorsqu'il voulut rebrousser chemin, elle le héla:

— Tuteur, tu sais quoi? Je *savais* qu'il allait y avoir un orage. C'est-à-dire que mon corps le savait, seulement je n'ai pas compris ce qu'il esssayait de me dire. Exactement comme la dernière fois, quand j'étais dans la vallée des Bambous.

Il la fixa, puis secoua la tête:

— Ce n'est pas une faculté que je t'ai donnée, Nolwenn. Si c'est le cas, tu es en train de t'adapter à Isis, de faire corps avec la planète. À quoi ressemble exactement ce pressentiment?

— Je ne tiens pas en place, comme si tout mon corps me démangeait de l'intérieur. Quand je me suis sentie comme ça l'autre jour dans le nord, ça m'a poussé à quitter la vallée et à grimper aussi haut que possible dans la montagne, même si je ne savais pas pourquoi.

— Et tu n'avais jamais ressenti quoi que ce soit de semblable?

222

Elle secoua la tête.

— Je me demande... comme tu as toujours été là pour veiller sur moi et me dire quoi faire, je n'y prêtais pas attention, peut-être. Dans la vallée des Bambous, j'étais seule et j'étais libre d'écouter mon corps.

— C'est logique. As-tu éprouvé les mêmes sensations aujourd'hui?

— Oui. C'était exactement pareil, sauf que ce n'était pas aussi intense. Je me demande pourquoi...

— Peut-être que l'orage ne sera pas aussi violent, même si mes instruments disent le contraire. Ou peut-être que les chaînes de montagnes au nord bloquent une partie du signal.

— Ça se tient. Les orages arrivent toujours du nord et il y a deux chaînes de montagnes entre nous et la plaine au pied de la vallée des Bambous. Mais Râ est là-haut et brille sur notre vallée aussi bien que sur l'autre.

— Peut-être que l'avertissement n'émane pas de Râ directement. Peut-être qu'il y a quelque chose sur Isis capable de communiquer avec toi. C'est très intéressant. Peut-être que...

Un timbre interrompit ses réflexions et il s'interrompit, retournant à l'intérieur de la maison.

Le vent soufflait déjà plus fort, non pas au fond de la vallée mais sur les hauteurs, et dans les airs. En début de matinée, le ciel avait été bleu-vert et parfaitement dégagé. Il était désormais maculé de traînées sombres, prenant l'apparence d'un marbre verdâtre terni et opaque. Accrochée à la balustrade, Nolwenn aperçut deux aigles qui descendaient en vrille pour regagner leurs nids sur les cimes des montagnes à l'est de la rivière.

Soudain, une saute du vent les empoigna avec la force d'une main de géant et les jeta contre la paroi de pierre. Le souffle coupé, Nolwenn les chercha du regard, les yeux plissés, mais les deux aigles ne se relevèrent pas.

Elle se tourna vers la maison. La tempête s'annonçait très mauvaise. Qu'est-ce que cela signifiait, deux orages de cette envergure l'un après l'autre? À croire que l'invasion des colons avait provoqué la colère d'Isis. Elle sentit un pincement de culpabilité, comme si c'était sa faute, comme si sa rancœur et sa propre colère avaient infecté la planète... ce qui était ridicule.

Elle quitta la terrasse et se heurta à Tuteur qui sortait.

— Un des jeunes manque à l'appel, lui dit-elle.

— Qui? Pas...

Une main serra son cœur si fort qu'elle éprouva une douleur physique, comme si elle avait reçu un coup au sternum.

— Mark? Il est à peine capable de se lever. Non, c'est le plus petit. Tu ne l'as peut-être pas remarqué.

Le plus petit. Un souvenir l'illumina. Nolwenn revit la rue du village aux portes fermées pour se défendre d'elle. Dans sa tête résonna sa voix hurlant sa peine et sa fureur suite à la mort de Hobbit. Elle se souvenait clairement de la peur et de l'horreur sur les visages de tous. De tous sauf un. Un visage noir, fendu par un grand sourire aux dents très blanches, ensoleillé par d'immenses yeux bruns et espiègles.

— Je crois que... De quoi a-t-il l'air?

— Il a cinq ans. C'est-à-dire qu'il aurait neuf ans sur Terre. Il s'appelle Jody et il vient des hauts plateaux de l'Afrique de l'Est.

— *Cinq* ans? Dehors en pleine tempête? Où est-il allé, Tuteur? Et les colons? Ont-ils une idée de la direction qu'il a prise? Ont-ils envoyé quelqu'un à sa recherche?

Tuteur secoua la tête.

— Ils n'ont pas la moindre idée de l'endroit où il pourrait être. C'est un enfant curieux de tout, qui se fourre partout et à qui il arrive toujours des histoires. Le capitaine Tryon a dit qu'il n'enverrait personne à sa recherche. Ils ne peuvent pas risquer de sacrifier des hommes faits pour retrouver un seul enfant.

— C'est terrible. Il ne s'en tirera pas tout seul.

Elle parcourut la terrasse, se mordillant la lèvre, avant de se retourner et de dire précipitamment:

— Tuteur, je veux que tu appelles le capitaine et que tu lui demandes si quelqu'un — les parents de Jody, ses amis, n'importe qui — sait quelque chose qui pourrait m'aider à le retrouver. S'il y avait un endroit qui l'intriguait particulièrement. Une place dont il parlait plus souvent qu'une autre, par exemple.

— Pourquoi tiens-tu tant à le savoir? Cela ne servirait à rien. Tu ne songes quand même pas à partir à sa recherche... Oh que non, Nolwenn! J'ai perdu ton père et ta mère dans les mêmes circonstances. Pas toi.

— Vite, insista-t-elle en le poussant. Appelle le capitaine.

Lorsqu'il prit enfin la direction du centre de communications, Nolwenn resta immobile un instant, le regard dans le vague. Puis elle courut, elle aussi, fonçant jusqu'à sa chambre. Une combinaison plus épaisse. Une tuque pour ses cheveux, des lunettes étanches pour ses yeux et une écharpe pour la protéger du sable. Puis elle passa par la cuisine afin d'y prendre une bouteille d'eau et un peu de nourriture. Des biscuits aux protéines feraient l'affaire... Ils ne risquaient pas de s'écraser. Elle en fourra une poignée dans sa poche. De l'oxygène? Non, trop encombrant. L'enfant était trop petit pour avoir grimpé très haut. Si elle le retrouvait, ce serait sans doute dans la vallée ou dans les contreforts au pied des montagnes.

Rien que de penser à toutes les cachettes possibles pour un enfant de cet âge, Nolwenn manqua pleurer de découragement. La vallée était vaste et recouverte d'herbe si haute que la tête d'un enfant de l'âge de Jody ne dépasserait nulle part. Si seulement elle pouvait emprunter un flotteur et fouiller la vallée à vol d'oiseau... Mais les bourrasques qui s'annonçaient n'épargneraient pas plus le flotteur que les aigles qu'elle avait vus.

Tuteur ressortit du centre de communications au moment même où elle émergeait de la cuisine avec des provisions.

— Rien d'utile, lui dit-elle. Le seul indice, c'est qu'un des amis de Jody s'est souvenu qu'il demandait sans cesse comment la rivière Perdue avait mérité son nom. Mais ils ont cherché dans le coin sans le trouver.

— C'est un début. Il ne m'en faut pas plus.

— Nolwenn, tu ne dois pas y aller. Je te supplie de ne pas y aller. Les radiations...

— Tu m'as rendue très forte, dit-elle en souriant et en posant ses mains sur son bras.

— Je sais. Mais je ne sais pas si tu es *assez* forte. Tu as changé, tu t'es adaptée, mais tu restes un être humain et non une machine. Je ne peux pas calculer ta marge de sécurité, même si c'est moi qui t'ai modifiée.

— Eh bien, il va falloir que je fasse confiance, c'est tout. Ne t'obstine pas, Tuteur. Je dois y aller.

— Pourquoi? Ce n'est pas comme si tu avais une dette envers les colons. Je croyais que... Tu me confonds.

— Ah... fit Nolwenn avec un rire incertain. Peut-être que si c'était un des autres, je resterais à l'abri. Mais Jody... Jody, c'est différent. Vois-tu, il m'a souri.

— Je ne vois rien du tout. C'est parfaitement illogique...

— Il faut que j'y aille. Je suis la seule qui peut le retrouver. Je peux endurer la poussière et les radiations beaucoup mieux que toi. Occupe-toi de la maison. Je reviendrai, c'est promis.

Elle se mit sur la pointe des pieds pour embrasser sa joue lisse. Puis elle sortit sur la terrasse en courant tandis qu'il restait figé à la porte de la cuisine, immobile comme une statue, une main portée à la joue que Nolwenn avait embrassée.

Le vent qui avait emporté les aigles quinze minutes plus tôt soufflait avec rage, débouchant de tous les cols et ravins des montagnes du nord. Nolwenn le sentit tirailler ses vêtements tout le long de sa descente de l'escalier qui menait aux Cascades. Il remplissait l'air d'un brouillard de gouttelettes qui réduisait la visibilité et les roches détrempées par l'eau volée aux cataractes étaient horriblement glissantes.

Nolwenn dut franchir plusieurs centaines de mètres vers l'aval avant d'émerger de cette brume et de pouvoir se servir des jumelles qu'elle avait emportées.

Le dos appuyé à la paroi, Nolwenn fouilla l'extrémité nord de la vallée, les deux berges et les contreforts des montagnes orientales. Rien ne bougeait, à l'exception des buissons épineux qui frémissaient, leurs branches grises traversées par le vent. De temps à autre, l'un des arbustes était arraché à la mince couche d'humus et roulé sauvagement par le vent, boule argentée d'épines qu'un obstacle finissait par arrêter. Mais aucun signe de Jody.

Nolwenn suivit la berge occidentale de la rivière en avançant aussi vite qu'elle le pouvait, à l'ombre de la falaise du plateau. Tous les cent mètres, elle s'arrêtait et elle cherchait de nouveau avec les jumelles, et elle appelait le garçon. Elle écoutait, le cœur battant, mais elle n'entendait que le craquement sec des buissons torturés et le fredonnement du vent laminé par les poutrelles du Phare au sommet de son plateau.

Elle reprit sa course, se risquant sur les éboulis, sautant d'un pas assuré d'un rocher à l'autre. À un kilomètre du pied des Cascades, la vallée s'élargissait et accueillait l'amorce de la prairie. Sur sa droite, elle distinguait au loin la masse trapue du *Pégase II*. Rien ne bougeait non plus de ce côté, à part l'herbe agitée par le vent. Les colons s'étaient enfermés à l'intérieur pour y attendre la fin de l'orage.

Lorsqu'elle atteignit la rive occidentale du lac, des vaguelettes agitaient l'eau normalement placide et des bourrasques arrachaient des rafales d'embruns aux moutonnements furieux. Au-delà du lac, le village était désert, du moins en apparence. Nolwenn décida d'y passer sur le chemin du retour si elle ne retrouvait pas Jody aux abords de la rivière Perdue. Après tout, il avait peut-être rebroussé chemin après le départ des colons. Il se cachait peut-être sous un lit, ou au fond d'un entrepôt...

Elle se prit à regretter d'avoir suivi la berge occidentale au lieu de l'autre. En revanche, elle avait un meilleur point de vue de ce côté du lac.

Elle traversa les vergers sans ralentir. La tempête avait détaché la plupart des fruits, à peine formés; les petits globes verts et durs roulèrent sous ses pieds pendant qu'elle foulait l'herbe au pas de course. À l'orée du verger, elle s'arrêta pour crier de nouveau le nom de Jody, mais le vent se saisit de sa voix et l'étira pour en faire un crissement aigu semblable au son d'une corde de violon. Dès lors, elle ne gaspilla plus son souffle et se consacra à sa progression vers l'endroit mystérieux où la rivière Perdue disparaissait dans le roc.

Nolwenn se rappelait sans peine la fascination qu'elle avait éprouvée pour cet endroit lorsqu'elle avait eu l'âge de Jody. Toute cette eau qui se déversait des Cascades, jour et nuit, tout le long de l'année, et qu'un trou dans le sol avalait sans façons...

Très jeune, Nolwenn avait déduit fort logiquement qu'une fois le trou rempli, l'eau déborderait et envahirait toute la vallée. L'eau monterait alors à l'assaut des montagnes, comme dans une baignoire, et finirait par noyer toute la surface d'Isis. À l'époque, Nolwenn se rendait tous les jours jusqu'au trou pour s'assurer qu'il n'était pas encore rempli. Puis, elle avait commencé à faire de mauvais rêves à ce sujet. Quand Tuteur avait appris ce qui l'inquiétait tant, il lui avait soigneusement expliqué que l'eau ne restait pas sous terre, mais se faufilait par des brèches et

des fissures afin d'alimenter une demi-dou-
zaine de sources de l'autre côté des montagnes
du sud, donnant naissance aux rivières de vallées lointaines.

Jody avait-il fait les mêmes rêves? Le trou-
verait-elle allongé sur le ventre, le menton dans
les mains, fixant la courbe vitreuse de l'eau qui
s'enfonçait au cœur de la terre par un simple
trou? Nolwenn se l'imaginait si clairement
qu'en arrivant sur les lieux, elle n'en crut pas
ses yeux lorsqu'elle ne le trouva pas. Elle arracha ses lunettes étanches, cligna des yeux et
tenta d'enlever le sable encroûté sur les verres.

Elle fit face au nord un instant. Face au
vent. Il ne lui restait plus grand temps si elle
voulait se rendre utile et non ramener un
corps sans vie aux parents de l'enfant. Bien
campée pour résister au vent, Nolwenn fouilla
avec ses jumelles la prairie, les contreforts
montagneux au sud, puis le sud-est. Jody portait un survêtement rouge, lui avait-on dit.

Normalement, elle aurait dû le repérer
aussi facilement qu'un des jalons d'arpentage
de la colonie. Mais il n'y avait pas la moindre
tache rouge en vue. La vallée n'était plus
qu'une étendue grise comme l'ardoise mouillée,
dominée par des masses violacées menaçantes.

Nolwenn baissa les jumelles et s'efforça
d'imaginer ce qu'elle aurait fait à l'âge de Jody.

Elle s'accroupit au bord de la rivière, s'efforçant de se faire toute petite dans sa tête afin de redevenir pas plus haute que trois pommes, curieuse, un peu effrayée...

Si Jody était venu jusqu'ici, qu'aurait-il remarqué en premier? Le vent? L'assombrissement soudain de Râ avec l'arrivée des nuages et des nuées de poussières en altitude, tirant comme un rideau d'un bout à l'autre du ciel? Aurait-il remarqué les couleurs changeantes du paysage et compris qu'il était en danger? Pourquoi n'avait-il pas couru chez lui? Il en avait eu le temps. Il *aurait* dû en avoir le temps. À moins qu'il n'eût rien remarqué avant qu'il fût trop tard. À moins qu'il eût été captivé par autre chose, quelque chose de beaucoup plus intéressant.

Nolwenn examina les alentours. Elle n'était pas venue dans ce bout de vallée depuis une éternité. Quelque chose avait-il changé? Quand elle s'accroupit, elle remarqua des pans d'ombre de l'autre côté du trou où s'engouffrait la rivière. Quand elle se leva, les taches d'ombre disparurent. Seul un enfant les aurait aperçues, un enfant naturellement curieux. Elle avança avec précaution en terrain accidenté, droit sur la plus grande des taches d'ombre, mais elle faillit pourtant tomber lorsque ses pieds dérapèrent sur une pente d'éboulis. Elle retrouva l'équilibre et s'accroupit de nouveau. Les cailloux qu'elle avait délogés déboulèrent en produisant un fracas qui se prolongea...

Puis elle n'entendit plus que le hurlement strident de la tempête.

Non. Il y avait bel et bien autre chose. La rumeur lointaine de l'eau courante. Le son ne venait pas de la rivière Perdue, mais d'une ouverture dans le sol à ses pieds, un trou où elle avait failli dégringoler sans le voir. Il aurait pu s'agir du terrier d'un gros animal fouisseur, mais il n'y avait aucune bête de cette taille dans la vallée.

Pas là-dedans, non, Jody... Mon Dieu, faites qu'il ne soit pas là-dedans.

Elle n'avait apporté ni lampe ni corde et elle n'avait pas le temps de rebrousser chemin pour en chercher. Tout ce qu'elle pouvait faire, c'était de ramper sur le ventre pour entrer dans la cavité jusqu'à ce que la constriction de ses épaules l'avertît d'arrêter de peur d'être coincée. Elle cria et la réverbération de sa voix manqua l'assourdir. Elle agita les bras vers l'avant comme une nageuse aveugle, mais sans rien toucher. Rien que le sable, la roche et la noirceur.

Elle se tortilla frénétiquement pour ressortir, suffoquée par la panique, et se releva en tremblant et en toussant. Il y avait d'autres trous, criblant les environs. Nolwenn les distinguait sans difficulté aucune maintenant qu'elle savait quoi chercher. Certains étaient minuscules et d'autres étaient presque aussi gros que l'entonnoir qu'elle venait d'explorer. Le phénomène responsable était nécessairement récent. Des couches de pierre sédimentaire s'étaient peut-être effondrées dans un espace souterrain, ne laissant subsister qu'une voûte de vieille roche volcanique, criblée d'anciens évents. La rivière s'écoulait dans un de ces conduits. Les autres évents, obstrués par les alluvions de la plaine pendant des siècles, avaient été dégagés par le choc.

Elle aurait dû être au courant! Isis lui appartenait et pourtant elle n'avait pas su. Ces trous représentaient un danger terrible, à distance de marche même pour les plus jeunes colons, et elle n'en avait pas été informée. Et donc elle n'avait pas été en mesure de mettre les colons en garde. Tuteur non plus, ce qui était presque aussi surprenant. Tuteur était au fait de tout, ou du moins c'est ce qu'elle avait toujours cru. Mais, en toute justice, il était chargé de cartographier la planète au grand complet, de compiler des données météorologiques à l'échelle d'Isis, et d'observer et classifier la faune et la flore. C'était beaucoup pour une personne, même une personne aussi douée que Tuteur. Encore que ses parents avaient été censés l'épauler, se rappela-t-elle. De toute façon, plus elle examinait les trous, plus elle acquérait la certitude qu'ils étaient bel et bien récents.

Elle explora les entonnoirs un à un, se faufilant dans les plus grands aussi loin que possible, tâtonnant à l'intérieur des plus petits. Le quatrième livra un indice. Un fragment de couleur rouge, tout au plus deux ou trois bouts de fil accrochés à des épines. Elle se coucha par terre pour mieux voir. Il faisait si noir qu'il aurait pu aussi bien faire nuit. Elle crut distinguer une autre tache rouge, accrochée à une aspérité rocheuse. Elle s'étira dans la noirceur de l'entonnoir et elle toucha un corps tiède. La tache de couleur correspondait à une jambe de pantalon dont le retroussement s'était déchiré au contact de la pierre.

Nolwenn pouvait sentir la plante d'un pied. D'un seul pied.

Elle avança en rampant jusqu'à ce que ses épaules protestassent, puis chercha à tâtons l'autre pied. Il était là, coincé sous le genou de l'enfant. Elle tira doucement. *De grâce, que rien ne coince maintenant...* Elle recula, s'agenouilla et se rejeta vers l'arrière en tirant. Elle se pencha de nouveau vers l'avant, s'étirant pour attraper les genoux de l'enfant. *Allons, un dernier effort...* Quelque chose s'accrocha et elle tira d'un coup sec, en priant pour que ce fût le survêtement et non le garçon. Elle se pencha de nouveau vers l'arrière et soudain elle entendit un éboulement de cailloutis au fond du trou. Elle se retrouva assise sur le rebord du trou, avec entre ses bras un drôle de paquet souillé de terre.

Était-il vivant? Si seulement Tuteur était là pour l'aider... Si seulement elle savait ce qu'il fallait faire... Le corps était tiède et bien différent du poids mort qu'elle avait tenu dans ses bras lorsque Hobbit avait expiré. Elle se souvint de sa bouteille d'eau et lava soigneusement le visage de l'enfant. Elle mouilla un coin de son écharpe et s'en servit pour égoutter un peu d'eau dans sa bouche. Juste un peu. Puis un peu plus.

Tout d'un coup, il remua et s'étouffa. Puis il éternua. C'était un éternuement très vivace, tout ce qu'il y avait de plus banal. Elle le serra, heureuse de sentir la chaleur du petit corps contre le sien. Des larmes coulèrent sur ses joues. Tant pis. Personne ne la verrait. Elle ne pleurait pas seulement parce qu'il était vivant, mais pour une foule de raisons et de souvenirs. Elle le berça en fredonnant, tandis que des larmes sillonnaient son visage et que le sable porté par le vent collait aux traces d'humidité...

Mais pas pour longtemps. Elle sentit Jody se débattre dans ses bras et elle le libéra. Il leva les yeux pour la regarder.

— Oh, salut. T'es la drôle de dame.

— Ouais, c'est bien moi, convint Nolwenn avec un hoquet où entraient une part de rire et une part de larmes. T'es-tu fait mal?

Il secoua la tête.

— J'ai juste vraiment soif. Faim, aussi.

— Je peux te donner un peu d'eau et un biscuit aux protéines. Vite. Il faut qu'on se dépêche pour te mettre à l'abri.

Il but avidement et dévora tous les biscuits qu'elle avait apportés.

— J'avais peur, avoua-t-il en chuchotant, la bouche pleine de miettes. Mais ne le dis pas aux autres.

— Promis. Je n'en dirai rien. Mais que faisais-tu?

— J'explorais. Tout le monde me dit toujours que je suis trop petit pour construire des maisons ou abattre des arbres, ou chasser, ou faire quelque chose d'excitant. Tout ce qu'on me demande, c'est de rendre service à la cuisine. Rincer les légumes. Couper les légumes. Et tout le reste. Bof! Alors, aujourd'hui, j'ai décidé que j'allais explorer un peu, pour changer. C'était génial! Sauf qu'il est arrivé quelque chose et que je me suis coincé. Je ne pouvais pas reculer et je ne pouvais pas avancer. Et on n'est pas venu me chercher. J'ai attendu pendant des heures et des heures...

Son menton trembla subitement et Nolwenn l'embrassa pour le consoler.

— C'est parce qu'on ne savait pas où tu étais, dit-elle en se relevant. Quand on explore une planète étrangère, il ne faut jamais oublier de dire à quelqu'un d'autre où on s'en va.

— Maintenant, je le sais. Mais si je leur avais dit, ils ne m'auraient pas laissé y aller.

Il poussa un grand soupir.

— Eh bien, n'en parlons plus, dit Nolwenn. Et tu as quand même fait une grande découverte. Moi-même, je n'étais pas au courant. Mais, bon, l'orage empire et il n'y a plus de temps à perdre. Je sais que tu es trop grand pour ça, mais il va falloir que tu me laisses te porter sur mon dos. D'accord?

Elle ajusta ses lunettes étanches sur la tête de Jody et recouvrit la bouche du garçon de son écharpe.

— Maintenant, serre tes jambes autour de ma taille et tiens-toi à mes épaules de toutes tes forces. Ne lâche pas. On va galoper.

Elle le hissa d'un coup, attrapa ses genoux et s'ébranla.

Jody n'était pas lourd, mais le vent dévalait des montagnes nordiques en passant à l'est et à l'ouest du plateau, de sorte qu'à fond de vallée, elle se fit souffleter d'un côté puis de l'autre. Le fracas de la tempête était assourdissant et le tranchant des herbes hautes fouettait l'étoffe de sa combinaison. Elle avait peur pour les jambes de Jody, mais elle n'osa pas ralentir.

Nolwenn visa la silhouette du *Pégase II* et courut en ligne droite, repoussant l'herbe haute, gravissant les replis du sol et les affleurements rocheux, ne perdant jamais de vue le rond de terre brûlée au centre de la plaine.

Elle tomba deux fois, meurtrissant ses genoux. Mais, le souffle coupé, elle ne relâcha pas sa prise sur les jambes de Jody, tandis que le garçon, comme un petit Hobbit, se cramponnait au tissu froissé de sa combinaison. Sans les lunettes étanches, les yeux de Nolwenn se remplirent rapidement de sable. Dans ce cas particulier, ses paupières internes ne faisaient qu'aggraver le problème. Des grains de poussière s'introduisaient dans l'interstice, infligeant une torture de plus.

Elle continua à courir tête baissée, sonnée par le vacarme et par le vent qui lui assenait des coups de poings qui semblaient réels et qui étaient douloureusement tangibles. Quand elle surgit enfin de l'herbe haute dans le cercle de chaume calcinée, où perçaient déjà des pousses argentées, elle ne s'aperçut de rien et poursuivit sa course, ne s'interrompant qu'en se cognant à l'un des trains d'atterrissage de l'astronef.

Elle cligna de ses yeux larmoyants. Elle ne voyait presque plus rien. Était-ce l'échelle qu'elle distinguait de l'autre côté? Elle avança en tâtonnant et posa le pied sur un premier échelon.

Elle aurait besoin de ses mains pour grimper.

— Accroche-toi bien, Jody. Accroche-toi avec tes jambes! lui cria-t-elle avant d'entamer la périlleuse escalade jusqu'à l'entrée du vaisseau.

Le vent était son ennemi. Il l'entraînait vers l'arrière à chaque fois qu'elle lâchait un échelon pour agripper le suivant. Il s'acharnait sur elle. Mais elle refusait de lâcher prise et Jody s'accrochait tenacement à son dos. Vingt échelons. Vingt combats pour étirer le bras et engager une nouvelle bataille.

La porte, enfin. Avec tout ce qui lui restait d'énergie dans le corps, elle se pendit à la rambarde de la main gauche et martela du poing droit la porte fermée. Martela encore et encore.

Chapitre 10

À l'intérieur de l'astronef, on cuisait à l'étouffée. Au bout d'une heure, l'air était devenu comme solide, de plus en plus épais, de plus en plus rance. Un appareillage rudimentaire de ventilation et de climatisation était relié aux accumulateurs solaires en prévision de telles urgences. Nolwenn entendait distinctement le teuf-teuf de la pompe malgré la rumeur sourde des conversations inquiètes à voix basse et des mouvements de nervosité. Seulement, la pompe ne suffisait tout simplement pas à répondre aux besoins de quatre-vingts colons bien actifs en plus de l'équipage. Durant tout le voyage en provenance de la Terre, après tout, les colons étaient restés plongés en hypno-sommeil, leur température corporelle abaissée au seuil de l'hibernation, leurs besoins en oxygène réduits au minimum.

Quand la porte extérieure martelée par Nolwenn s'était enfin ouverte, Jody avait été enlevé de ses épaules, embrassé, cajolé, consolé. Elle avait voulu redescendre l'échelle, prête à affronter la tempête tout le temps qu'il faudrait pour traverser la prairie et remonter la vallée jusqu'à son foyer. Seulement, ils ne l'avaient pas laissée partir. Des mains empressées l'avaient tirée à l'intérieur. Elle aussi avait été embrassée et félicitée dans la foulée, à la faveur du soulagement général des colons qui avaient craint d'avoir perdu Jody. Pendant un bref mais merveilleux moment, elle sentit la chaleur de l'appartenance, de leur camaraderie.

Mais alors, un changement s'opéra petit à petit. Les rires et les éclats de voix s'étaient tus. Puis, les colons avaient battu en retraite, mal à l'aise, libérant un espace d'un mètre tout autour d'elle dans la section centrale du vaisseau pourtant plein à craquer. Un silence crispé avait succédé aux paroles de bienvenue. Nolwenn s'était tapie dans un recoin entre deux parois métalliques, accroupie sur le plancher. Sa tête tournait et le silence qui avait succédé aux hurlements du vent retentissait toujours dans ses oreilles. Elle lécha ses lèvres craquelées et ferma ses yeux rougis. Soudain, elle se sentait vieille et lasse.

Une femme à la peau sombre qui avait les mêmes yeux que Jody vint s'agenouiller auprès d'elle, lui offrant silencieusement un verre d'eau. Elle but presque toute l'eau, n'en gardant qu'un peu pour essayer de rincer le sable dans ses yeux. Quand elle rendit le verre, Jody, complètement rétabli et aussi turbulent que d'habitude, sauta dans les bras de Nolwenn et planta un gros baiser sonore sur sa joue.

Nolwenn perçut le recul horrifié des autres aussi nettement qu'elle entendit la petite inspiration de détresse de la mère de Jody. Un instant, elle retint le petit corps tout en muscles contre son cœur. Puis, elle le repoussa doucement et tenta de se faire toute petite dans son coin d'ombre. Au bout d'un moment, elle fit semblant de s'assoupir et elle devina le brusque relâchement de la tension autour d'elle.

Elle garda les yeux fermés et s'empêcha obstinément de chercher Mark du regard. L'air s'alourdit encore. Il empestait la poussière et la sueur et l'angoisse. Même les colons commencèrent à s'en plaindre et Nolwenn glissait dans une profonde torpeur lorsque le capitaine reçut de Tuteur la confirmation que l'orage était fini et qu'ils pouvaient sortir sans crainte.

Dès que deux membres de l'équipage eurent déverrouillé l'écoutille principale, Nolwenn se glissa à l'extérieur et descendit l'échelle, retrouvant la fraîcheur relative de l'air libre. Son départ passa inaperçu dans le remue-ménage et le bourdonnement des conversations soulagées à la suite de l'annonce du capitaine, sauf par Jody.

Ce dernier tira sur la veste de sa mère.

— Elle est partie, se plaignit-il, le front plissé et la lippe boudeuse.

— Ne laisse pas tes lèvres traîner comme ça, on va trébucher dessus! Qui est partie?... La mère Michel qui a perdu son chat?

— La drôle de dame. Elle est partie et je ne lui ai même pas dit au revoir.

— Ah...

La mère de Jody se tut, l'air confus et embarrassé.

— Eh bien, je suppose qu'elle avait hâte de retourner chez elle, là où elle est à sa place, Jody.

— Mais je voulais lui parler encore une fois.

— Pauvre fille, dit l'autre femme à la mère de Jody, pensez donc qu'elle va vivre toute sa vie avec ce masque d'épouvante.

— Comme à Halloween, les interrompit Jody en riant, ses yeux et ses dents blanches se détachant sur son visage noir. Elle est si drôle!

— Chut! dit sa mère en posant un doigt sur la bouche du garçon et gloussant nerveusement.

— Il est trop petit pour comprendre, c'est tout, la réconforta l'autre femme.

* * *

Mark les entendit parler. Depuis qu'il avait compris que Nolwenn avait sauvé Jody et se trouvait encore à bord, il avait été terrifié de la voir apparaître. En tant qu'invalide, il avait eu droit à une couchette dans un coin et il était resté allongé, les yeux fermés. Il craignait trop, s'il les ouvrait un instant, de la voir se tenir debout devant lui. L'accusant...

Il avait honte et il pensait avec colère à Nolwenn et à son Tuteur qui l'avaient placé dans une position aussi fausse. Les souvenirs que son cerveau avaient refoulés durant sa convalescence ressurgissaient, encore et encore.

C'était comme un rêve obsédant. Il voyait et revoyait le drapé du machin de mousseline qu'elle portait, les cheveux roux flottant au vent, animés d'une vie propre par la lumière blanc bleuté de Râ. Il la voyait et la revoyait se tourner, le vêtement tournoyer, les cheveux fouetter l'air, révélant un visage de cauchemar. Chaque fois qu'il se rappelait la scène, il ressentait le même sursaut intérieur de surprise et de dégoût. Comme si, ayant ramassé une superbe rose, il l'avait vue se transformer en un hideux serpent lorsqu'il l'avait portée à son nez pour en respirer le parfum.

Alors même qu'il tremblait, une partie raisonnable de l'esprit de Mark se voyait obligée d'admettre que s'il l'avait rencontrée en tant que représentante d'une espèce extraterrestre, il ne lui aurait témoigné qu'un intérêt strictement scientifique. Il aurait admiré son corps pour son efficacité sur Isis. Il l'aurait peut-être même trouvée belle, tout comme on pourrait trouver beau un lézard ou un poisson tropical. Certes, le contraste de la peau de bronze verdi, du bleu étincelant de ses yeux et de la flamme de ses cheveux était sensationnel. Mais chez une personne? Chez un être humain?

Il se demanda pourquoi il avait tellement honte. Il avait marché avec elle, main dans la main. Il lui avait révélé ses idées les plus secrètes sur la vie et la poésie et Dieu et la musique. Et, sois juste, Mark, elle lui avait révélé les siennes... mais sans partager la vérité essentielle. La vérité de son apparence inhumaine. Pourquoi ne lui avait-elle rien dit? Pourquoi s'était-elle cachée derrière ce masque d'un insipide joliesse anglo-saxonne?

Elle l'avait dupé.

Ce n'était pas sa faute à lui — il n'avait rien fait du tout. Du début à la fin, c'était elle qui l'avait tourné en ridicule, qui l'avait forcé, *lui*, à l'aimer. Il n'avait pas laissé sa colère refroidir. Sa colère l'aidait à oublier la douleur et à effacer la culpabilité qui taraudait sa conscience la nuit, quand ses côtes cassées lui faisaient mal et l'empêchaient de dormir. Parce qu'il avait besoin de haïr. Pour être fâché. Parce qu'il ne pouvait pas continuer à aimer Nolwenn. C'était impossible. Ce ne serait jamais possible.

Puis, il avait entendu les deux femmes et Jody qui parlaient d'elle. Un instant, la honte l'avait écrasé. Après la honte était venu le soulagement du condamné ayant obtenu un sursis. Elle était retournée au plateau où elle avait sa place. Il n'allait pas être obligé de la voir, de lui faire face et d'accepter les reproches qu'il avait mérités. Elle était partie.

Soudain, il s'élança de sa couche et traversa la foule en boitant, la jambe raide. Tout le monde avait envie de quitter l'atmosphère étouffante du vaisseau et de constater les dégâts infligés au village par la tempête. Sur le chemin de la porte, il reçut plusieurs coups de coude douloureux en plein dans ses côtes encore sensibles.

Le vent avait chassé la nuit factice. Râ brillait au ras de l'horizon à l'ouest, chassant les ombres allongées des montagnes toujours plus loin au milieu de la prairie. Les ultimes bourrasques de la tempête s'acharnaient encore sur la prairie, aplatissant l'herbe puis la relâchant, de sorte que la vallée était balayée par des vagues grises et roses.

Mark aperçut Nolwenn de l'autre côté de cette mer argentée. Elle avait déjà atteint les pentes rocailleuses du plateau. Elle était si loin qu'il ne voyait plus que la flamme de ses cheveux et les reflets miroitants de sa combinaison. Une douleur soudaine déchira sa poitrine, comme si ses côtes se brisaient de nouveau. Un sentiment de désolation l'envahit. Elle courait à en perdre haleine, oui, elle courait pour s'éloigner de lui.

Il se rendit compte qu'il hurlait son nom. C'était inutile. Le vent du nord qui soufflait par à-coups s'empara de son nom et le déchiqueta en mille morceaux. Il agrippa la rambarde au sommet de l'échelle et ne détacha pas les yeux de la petite forme argentée.

— Ne te gêne surtout pas pour moi!

Le faisant sursauter, une voix irascible avait éclaté dans son dos.

— Je pensais que tu étais pressé, mon gars, vu que tu as bousculé tout le monde pour sortir. Mais si c'était pour admirer le paysage, laisse-moi passer, si ce n'est pas trop te demander.

Le temps pour Mark de s'excuser et de descendre à son tour, Nolwenn avait disparu. Le plateau dressait dans le ciel sa masse imposante, dominant la prairie au nord. Le soleil couchant illuminait les membrures arachnéennes du Phare.

Le pas traînant, Mark rentra au village, glacé par le sentiment d'une perte incompréhensible.

* * *

Le jour après l'orage, le capitaine Tryon rendit une visite officielle à Nolwenn. Il attendit le soir, lorsque le rayonnement ultraviolet de Râ serait à son plus bas. Il endossa son uniforme des grandes occasions, avec l'insigne d'or gravé d'une étoile et de la Galaxie, et il ne mit qu'un petit appareil respiratoire dans sa poche.

Nolwenn était également consciente de l'importance de l'occasion. Sensible à la symétrie du destin, elle porta, pour la seconde fois seulement, la robe musicale confectionnée pour son anniversaire par Tuteur. Cette journée était devenu un point tournant de sa vie. Quand elle s'en rappelait, tous les jours qui l'avaient précédée lui apparaissaient comme les pièces d'une enfance insouciante, qui avait culminé avec le cadeau ravissant de Tuteur. Puis, il y avait eu le message du *Pégase II* et plus rien n'avait jamais été pareil.

Et n'aurait pu l'être. Isis n'était plus son terrain de jeux réservé et elle n'était plus qu'une pensionnée du CTS. Son estime de soi était réduite à néant... non, admit Nolwenn avec honnêteté, pas tout à fait. Sinon, pourquoi aurait-elle tenu à s'habiller aussi soigneusement pour accueillir de nouveau le capitaine? Mais il n'en restait pas grand-chose.

Nolwenn pouvait entendre la voix grave du capitaine répliquer à celle de Tuteur dans le salon. Tuteur le mettrait à l'aise et lui servirait de quoi boire. Elle n'avait pas besoin de se presser. Posément, elle enfila sa robe tête la première et arrangea soigneusement ses plis dorés. Elle avait réuni ses cheveux dans une masse au sommet du crâne pour se donner une coiffure qui convenait mieux à l'adulte qu'elle était devenue. Restait à espérer que le tout ne s'écroulerait pas en plein souper. Elle aurait pu demander à Tuteur de l'aider, mais, non, elle n'était plus une enfant.

Une douleur la rongeait de l'intérieur, mais elle la supportait fièrement. *Je suis une femme, pas une enfant*, se dit-elle. La tête haute, elle remonta sans se hâter le couloir du salon.

Elle causa au capitaine Tryon la surprise de sa vie. Elle ne pouvait pas savoir qu'en surgissant ainsi de l'ombre sans prévenir, elle lui fit l'impression d'une déesse exotique. Elle supposa seulement qu'il était impressionné par son aspect. Il se leva d'un bond et déposa son verre à l'aveuglette, sans regarder, sans ôter ses yeux de sa personne.

Être adulte et cacher sa douleur, c'est un peu comme jouer un rôle dans une pièce, songea Nolwenn en traversant le salon d'un pas lent pour s'installer dans la chaise en face du capitaine. Elle inclina légèrement la tête en signe d'admission de sa présence et l'autorisa d'un geste de la main à se rasseoir.

L'accompagnement musical de sa robe était discret, en mode mineur. Il meublait le silence d'un murmure tandis qu'elle attendait, assise sans bouger, que le capitaine abordât le sujet qui l'amenait.

Il toussota.

— Mademoiselle Le Pennec, je suis venu vous remercier au nom des parents de Jody — et de toute la colonie, en fait — d'avoir sauvé la vie de Jody. Sa mère et son père désiraient vraiment venir vous remercier en personne, mais nous avons pensé que nous devions nous conformer à votre volonté et que je devais être votre seul contact avec le village. Cependant, si vous envisagez de changer d'avis...

Nolwenn tressaillit. Sa robe émit un son discordant. Le capitaine Tryon la regarda, dans l'expectative, mais elle s'adossa tranquillement, sa robe retrouvant l'immobilité après un ultime frémissement. Au bout d'un moment, il continua:

— Nous avons été atrocement indifférents à votre situation. J'espère que vous essaierez de nous pardonner et peut-être de nous comprendre. L'inconnu, l'inattendu est parfois extrêmement dérangeant.

— Peut-être que je suis... dérangeante.

— Pas pour Jody. Il n'a pas cessé de parler de vous.

Nolwenn esquissa l'ombre d'un sourire.

— Jody est encore assez petit pour n'avoir pas de préjugés.

— Jody a de la chance. Peut-être, si vous compreniez... votre éducation ici a dû être si différente... mais, sur Terre, nous grandissons environnés de peurs et de préjugés que nous ne reconnaissons pas et que nous ne comprenons pas nous-mêmes. «Ah, une araignée, écrase-la!» Voilà notre réaction instinctive à l'inattendu.

— Est-ce que vous me prenez pour une araignée, par hasard?

— Bien sûr que non! Ce n'était qu'un exemple.

Le rire du capitaine Tryon semblait naturel, mais n'était-il pas un peu trop jovial? Un peu trop insistant?

— Et pour quoi me prenez-vous, dans ce cas?

— Pourquoi ne pas accepter que vous êtes vous-même — Nolwenn Le Pennec, la Gardienne du Phare d'Isis?

— Oh oui, bien sûr. Je l'accepte sans difficulté. Mais le pouvez-vous?

Il y eut un court silence. Le capitaine se tourna vers la fenêtre, fixant les étoiles qui pointillaient le ciel au-delà de la masse sombre des montagnes à l'est.

— Pardonnez-moi, dit-il enfin. La route sera longue. Il nous faudra beaucoup apprendre et désapprendre.

Elle hocha la tête. Au bout d'un moment, il se retourna pour la regarder de nouveau.

— Je crois vous avoir dit que nous avons l'intention de creuser des grottes au pied du plateau, du côté sud. Votre... Tuteur pourrait nous aider.

— Est-ce que vous abandonnerez le village au bord du lac?

— Non. Mais les colons ont besoin d'un lieu où entreposer les appareils les plus délicats, et aussi d'un abri lors des orages solaires.

— C'est sûr. Le *Pégase II* n'est pas un refuge très confortable.

— Ce n'est pas seulement ça. Vous devez comprendre que nous ne restons pas. Une fois la colonie établie, mon équipage et moi reprendrons le chemin de la Terre.

— Et que ferez-vous ensuite?

— Je transporterai un autre groupe de colons. Nous reviendrons peut-être ici. Mais nous serons probablement envoyés sur un autre monde.

— La Terre est-elle à ce point surpeuplée?

— Surpeuplée, épuisée et abîmée. Nous avons commis tant d'erreurs. Nous devons repartir à zéro. Ou repartir en mieux, un peu partout dans la Galaxie.

— Quel dommage que les préjugés ne restent pas sur Terre quand vous sautez dans l'hyperespace.

Il y eut un court silence. Le capitaine chercha une réponse dans les étoiles.

— C'était tout, capitaine? dit Nolwenn tout bas au bout d'un moment.

— Il y a autre chose, dit-il avec difficulté.

— Je vous écoute.

— C'est une idée du docteur Macdonald. Si vous voulez... si cela vous intéresse de retourner sur Terre avec nous, il est possible que les médecins de la Terre soient capables de défaire ce que votre Tuteur vous a fait.

— Que voulez-vous dire?

— Nous pourrions vous retransformer. Vous rendre semblable... à nous.

— Et après? Pourriez-vous me ramener sur Isis? Je n'ai pas d'autre foyer, vous savez.

— Cela pourrait sans doute s'arranger, si vous y teniez.

Nolwenn fixa le capitaine. Elle avait suggéré la même solution à Tuteur, des semaines plus tôt, lorsqu'elle avait reçu la première lettre de Mark. À ce moment, elle y avait songé comme un moyen de se faire aimer de Mark. Mais maintenant...

— Je crois que cela part d'une bonne intention, mais vous ne comprenez pas vraiment ce que vous me dites. De votre part, c'est une idée odieuse. Si vous habitiez un monde et qu'une colonie de personnes dépourvues de langue atterrissait, accepteriez-vous de vous amputer la langue pour leur ressembler?

— C'est une comparaison dégoûtante!

— C'est une *idée* dégoûtante, capitaine. Ceci est *ma* planète. Où que j'aille, je n'y crains rien, sur les hauteurs ou dans les vallées. L'air me suffit. Les ultraviolets ne me font aucun mal. Je suis à l'épreuve des piqûres et des morsures. Faut-il vraiment que je devienne semblable à vos colons, rampant au fond de la vallée, coupés à jamais de la beauté du haut pays?

— Les choses vont changer. L'atmosphère s'enrichira petit à petit d'oxygène. L'ionosphère deviendra plus dense.

— Ce qui prendra des générations, vous le savez bien. Dans l'immédiat, Isis m'appartient.

— Fort bien. Pardonnez-moi, je ne voulais pas vous insulter. Ce n'était qu'une suggestion. Mais n'envisagerez-vous pas de sortir de votre isolement et de vous installer parmi nous?

— Pourquoi?

— Vivre seul ne profite ni au corps ni à l'esprit. En vieillissant...

— Seul? Avez-vous oublié Tuteur? Je n'ai jamais été seule. Tuteur a été pour moi un père, une mère, un ami, un instituteur et un conseiller. Je n'ai pas besoin des vôtres, capitaine Tryon.

Nolwenn s'était levée d'un élan, déclenchant un torrent sonore. Du coup, le capitaine perdit son calme. L'entrevue n'avait pas été de tout repos et il s'exclama:

— Bonté divine, Nolwenn, vous parlez de votre soi-disant Tuteur comme si c'était Dieu le Père. Il n'est pourtant qu'un maudit robot, tout compte fait!

Elle le dévisagea, interdite.

— Vous êtes fou!

— Allons, Nolwenn, je ne joue plus. Assez, c'est assez. Ouvre les yeux... Ou relis le manifeste initial de l'expédition du Phare d'Isis. Personnel: les Gardiens Gareth et Liz Le Pennec, ainsi qu'un robot — l'unité ColTraD 43.

— Conrad? répéta Nolwenn, abasourdie.

Avait-elle perdu la raison? Ou était-ce le capitaine Tryon qui délirait?

— Unité de Collecte et Traitement des Données, exemplaire 43. ColTraD.

— Vous êtes fou, dit-elle en secouant la tête. Partez. Immédiatement. S'il vous plaît, capitaine.

Elle se redressa, agrippant le dossier du sofa. Figée, elle avait braqué au loin son regard si étrangement émouvant. Elle ne le regardait plus. Le capitaine Tryon ouvrit la bouche pour dire quelque chose, puis haussa les épaules, s'inclina et sortit sur la terrasse. Il avait gaffé. Phil Macdonald lui avait parié qu'il se ferait mettre à la porte. Une fois de plus, le bon docteur avait eu raison, la peste l'emporte!

* * *

Aussi droite qu'une tige de bambou doré, Nolwenn ne bougea pas avant que le son du flotteur du capitaine se fût évanoui dans le silence nocturne d'Isis. Elle se sentait abandonnée. Seule.

Puis, subitement, lorsqu'elle se tourna pour voir Tuteur qui se tenait à ses côtés, elle sut qu'elle n'était *pas* seule.

Nolwenn regarda son visage chéri et familier. Le temps d'un éclair étourdissant et irréel, elle le vit comme le capitaine Tryon et les autres devaient le voir. Elle se rassit brusquement, au sein d'une cacophonie d'accords discordants. Elle avait mal au cœur.

Tuteur s'affaira vivement, lui rapportant un verre et se penchant sur elle tandis qu'elle buvait à petites gorgées.

— Merci.

Quand elle lui tendit le verre vide, ses mains tremblaient. Elle n'arrivait pas à le regarder. Elle avait l'impression d'être en présence d'un étranger.

— Nolwenn!

Sa voix était un ordre.

— Oui, Tuteur?

— Regarde-moi, je t'en prie.

Elle leva les yeux à contrecœur et le vit tel qu'il avait toujours été, un ami cher et constant. Elle sourit de soulagement et mit ses mains dans les siennes.

— Je ne comprends pas. Est-ce que je te vois tel que tu es ou comme tu veux que je te voie? Qu'est-ce qui est vrai?

— C'est très simple. À tes yeux, je suis Tuteur, comme je l'ai toujours été. Le capitaine Tryon ne peut voir que ColTraD 43.

— Mais qui es-tu *vraiment*?

— Les deux. Ce n'est pas si difficile.

Nolwenn enfouit son visage dans ses mains et gloussa faiblement.

— Non? Mais tu... à la place de ma mère... j'ai cru que tu m'aimais.

— Je t'aime, Nolwenn. N'ai-je pas toujours pris soin de toi? Ne t'ai-je pas protégée et appris tout ce que je savais?

— Ou-oui.

— N'est-ce pas la même chose?

— Je ne sais pas... Je suppose que oui. Tuteur, quand j'étais petite, tu me berçais sur tes genoux.

— Tu t'en souviens encore?

— Oh oui, je m'en souviens très bien. Je me sentais aimée et protégée. Mais toi, que... que ressentais-tu quand tu me tenais comme ça?

— Qu'est-ce que je ressentais? Je pensais à ta mère et à ton père, et j'essayais de faire passer ces pensées à l'intérieur de toi.

Elle hocha la tête, trop émue pour parler. Puis elle se leva et embrassa la joue lisse de son vieil ami avant de retourner dans sa chambre en produisant des cadences harmonieuses.

* * *

Quand Râ apparut au ras des montagnes à l'est, ses premiers rayons argentés jouèrent dans ses cheveux tandis qu'elle était assise à sa fenêtre, immobile. Elle avait enlevé la robe d'or, qui formait un tas muet sur le plancher. Emmitouflée dans une robe de chambre, elle était restée assise à la fenêtre toute la nuit, observant les étoiles. Elle s'était souvenue de nombreuses choses et elle avait eu de nombreuses idées, mais elle avait pris une décision unique.

Cependant, elle voulait d'abord revoir Mark une dernière fois, si possible. Il lui fallait bannir ce fantôme si elle ne voulait pas qu'il revînt hanter sa décision. Elle n'avait pas faim, mais elle gardait de sa nuit sans sommeil une légère hébétude qui ralentissait ses gestes. Elle prit une douche et choisit une combinaison au hasard.

Une fois sur la terrasse, où s'attardait le froid de la nuit, elle hésita sans savoir si elle devrait prendre ou non un flotteur. Mais elle n'était pas pressée et elle décida de marcher. Elle descendit la piste qui longeait les Cascades et les contempla un moment, admirant les arcs-en-ciels d'or, de vert, de bleu et de pourpre, qui planaient, disparaissaient et réapparaissaient dans la brume de gouttelettes.

Au bout d'un moment, elle reprit le chemin de l'aval, et du village. Elle n'entra pas, mais elle s'arrêta à cinq cents mètres des premières maisons et prit place sur une roche en surplomb au-dessus de la rivière. Les colons l'avaient vue. Elle sentait leur présence sans avoir à tourner la tête. C'était comme une tension électrique dans l'air. Tous l'évitèrent, excepté l'irrépressible Jody.

— Bonjour, drôle de dame!

— Bonjour, Jody. Comment vas-tu?

— Ça va.

Il grimpa sur la roche à côté d'elle et s'assit, sifflotant doucement. Les poissons qui poireautaient dans l'ombre paisible de la corniche s'enfuirent soudain.

— Mon père m'a donné la fessée, avoua enfin Jody. Parce que je me suis éloigné du village l'autre jour.

— Je suis désolée.

— Même pas mal! Et maman a dit que c'est parce qu'il m'aime.

— C'est sûr! Et tu ne partiras plus dans la nature sans prévenir personne, hein?

— Non, madame! dit-il en la fixant de ses grands yeux noirs. Et puis, peut-être que vous ne serez pas là pour m'aider la prochaine fois.

— Sans doute que non, dit Nolwenn laconiquement. Jody, veux-tu me rendre service?

— Bien sûr.

— Va dire à Mark que j'aimerais lui parler, d'accord? Demande-lui de venir ici.

— D'accord.

Jody s'élança et galopa sur la piste rocailleuse qui menait au village.

Nolwenn le vit parler avec sa mère et entendit quelqu'un appeler. Une autre voix répondit de l'intérieur d'une maison. Un long moment — lui sembla-t-il — s'écoula avant qu'une silhouette familière ne sortît d'une maison et se dirigeât vers elle, la démarche raide.

Elle fixa le fond de la rivière. Ses ongles s'incrustèrent dans la paume de ses mains. Les poissons étaient revenus dans l'ombre tranquille sous la roche. Elle entendit un crissement de gravier. Elle pouvait le deviner derrière elle, sentir sa proximité lorsqu'il s'assit sur la pierre chauffée au soleil. Soudain, elle n'arrivait plus à respirer et elle avait oublié le petit discours qu'elle avait si longuement répété.

Lorsque Mark prit la parole, sa voix provenait de très loin.

— Je n'aurais pas cru que tu voudrais me revoir.

— Une dernière fois.

Elle déglutit. Est-ce que sa propre voix résonnait normalement?

— Il m'a semblé approprié de venir te dire adieu.

— *Adieu*? Où vas-tu donc?

Elle haussa les épaules, retenant ses larmes avec un sourire.

— Je pars pour une vallée du haut pays, à plusieurs jours de voyage en flotteur vers le nord.

— Tu vas habiter là-bas?

— Oui.

— Toute seule?

— Je ne serai pas seule. Je serai avec Tuteur.

— Mais...

— Je n'ai toujours eu que Tuteur. Avant que tu viennes, je n'avais jamais été seule ou triste, pas une seule minute.

Elle le fixa directement alors, de sorte qu'elle vit plusieurs images miniatures de Mark danser à travers le scintillement de ses larmes.

— Quand tu as quitté l'astronef, dit-il enfin, j'ai eu l'impression que c'est moi qui te faisais fuir.

— C'était bien toi, l'interrompit-elle.

— ... et je me suis senti abandonné, continua-t-il avant de la fixer bouche bée. C'est vraiment *moi* qui te faisais fuir? Pourquoi?

— Ah, Mark, tu es si borné... Parce que je ne peux pas supporter d'être avec toi. Parce que je ne peux pas passer le reste de ma vie en ayant sous les yeux la vallée où tu vis.

— J'aimerais que tu restes, déclara-t-il posément. Je ne sais pas pourquoi, Nolwenn, mais c'est vrai.

Elle haussa les épaules et s'obligea à rire.

— Dommage. Je m'en vais.

— Mais... débuta-t-il avant de secouer la tête. Je t'aime, Nolwenn.

Quand il le dit ainsi, c'était comme s'il venait de diagnostiquer la maladie responsable de son épuisement et de sa perte d'appétit.

— Comment peux-tu m'aimer, Mark, alors que tu es incapable de me regarder en face?

— Oui, je peux! protesta-t-il.

Elle le voyait de profil. Elle distingua le mouvement convulsif de sa gorge lorsqu'il avala soudain sa salive.

— Tu sais maintenant que je t'aime, ajouta-t-il. Qui tu es vraiment. À l'intérieur.

Pas ce que ton... Tuteur a fait de toi. Il faudrait que je m'y habitue peu à peu. Mais je m'y ferais, Nolwenn.

Il se tourna pour lui faire face, la mine résolue, les yeux brillant d'une détermination qui saisit le cœur de Nolwenn. C'était difficile de sourire avec ces yeux posés sur elle.

— Eh bien, on dirait que tu deviens un homme, le taquina-t-elle doucement. Mais c'est inutile, Mark, il ne faut pas se raconter d'histoires. Nous n'avons rien en commun, pas même l'apparence de l'humanité. Isis est mon royaume, des vallées jusqu'aux cimes, en été, en hiver et durant les orages solaires. Je ne peux pas partager ça avec toi et je refuse de vivre en prisonnière. Je dois être libre.

Elle avait les lèvres si sèches qu'elle eut du mal à prononcer les derniers mots. Un instant, elle s'accorda un dernier geste, le serrant dans ses bras, sans regarder l'expression sur son visage. Puis elle lui tourna le dos et remonta en courant toute la vallée jusqu'aux Cascades.

* * *

— Pourquoi as-tu fait ça? lui demanda Tuteur plus tard, lorsqu'elle eut fini de pleurer et qu'elle lui eut raconté ce qu'elle avait dit à Mark.

— Il fallait qu'entre nous, tout soit fini pour de bon, expliqua-t-elle. Ou bien, il aurait traîné cette culpabilité à jamais et elle lui aurait empoisonné la vie. Maintenant, il devrait s'en remettre. Je suppose qu'il épousera une des filles de la colonie, qu'ils fonderont une famille et qu'ils seront heureux. Je ne serai plus qu'une histoire bizarre dans un coin de sa mémoire. Il faut que cela soit ainsi.

— Et toi, Nolwenn? Seras-tu heureuse?

Elle évita de répondre. Les yeux perdus dans le vague, elle dit à mi-voix:

— Quand j'ai vu son visage, j'ai su que c'était impossible, qu'il n'y avait pas une miette d'espoir qu'il... Il se sentait tellement coupable et il essayait si fort de ne rien montrer de ses sentiments. Ce n'est pas sa faute.

— C'est la mienne. Nolwenn, je suis tellement désolé.

— C'est la faute à personne. Tuteur, où as-tu mis ta logique? Tu as fait ce qu'il fallait faire pour mon bien. Tu m'as donné la planète en cadeau. Qui aurait pu m'en donner autant? Je suis contente, Tuteur. Sincèrement..

— Y a-t-il *quelque chose* que je puisse faire?

— Oui. Je voudrais que tu nous construises une nouvelle maison dans les montagnes qui surplombent cette vallée du haut pays où poussent les bambous géants. Petit Hobbit est là-bas. Il m'attend. Et j'ai pensé à quelque chose. Là-bas, je pourrai quand même donner un coup de main aux colons. L'autre versant des montagnes est beaucoup plus proche des tempêtes du nord. Souviens-toi de mon pressentiment avant l'orage. Je pourrai te dire quand je «sens» un orage solaire sur le point de s'abattre, avant même tes instruments. Et tu n'auras qu'à avertir les colons par radio. J'aimerais me sentir utile. Sentir que je suis encore parmi eux, même un peu.

— Et le Phare?

— Ils sauront s'en occuper, si tu leur montres comment. Maintenant qu'une colonie est établie ici, il n'y aura plus qu'à émettre les messages destinés aux cargos de passage. Et ce sera quasiment automatique.

— C'est vrai. Nous pourrons partir dès que j'aurai creusé un abri tempête au laser. Nolwenn, tu es bien sûre que c'est ce que tu veux?

— Très, très sûre.

— Tu ne te sentiras pas seule?

— Moins seule que si je restais ici. Et je t'ai. Hein, Tuteur, que tu ne vas pas mourir avant moi?

— Bien sûr que non. Quelle idée! Nous autres ColTraDs, on est faits pour durer.

— Tu vois. C'est réglé.

Elle se moucha, puis se leva.

— Tuteur, je meurs de faim. Après tout ce qui est arrivé, c'est un peu étonnant, mais peux-tu me faire quand même un petit quelque chose?

* * *

Plus tard, alors qu'elle terminait un déjeuner tardif, Nolwenn regarda la silhouette dorée de Tuteur et elle sentit un élan soudain de tendresse à son égard.

— Oh, Tuteur!

— Qu'est-ce qu'il y a?

— Rien. Je t'aime. Mais je viens de comprendre quelque chose d'extrêmement triste. Quand je serai morte, tu seras tout seul pour de vrai. Tu n'auras plus personne.

— Ce n'est pas grave, Nolwenn. Ne t'en fais pas. Après tout, je ne suis pas humain. Les ColTraDs ne sont pas faits pour se sentir seuls.

Nolwenn hocha la tête et le regarda traverser le salon jusqu'à la cuisine en marchant avec raideur.

— Pauvre Tuteur, murmura-t-elle.

TABLE DES MATIÈRES

MS

Achevé d'imprimer
en septembre 2002 sur les presses de
Imprimeries Transcontinental inc.,
division Métrolitho

Imprimé au Canada — Printed in Canada